小小说美文馆

行走 树叶绿的时候下了场雪

主编 马国兴 吕双喜

郑州大学出版社
郑州

图书在版编目(CIP)数据

行走:树叶绿的时候下了场雪/马国兴,吕双喜主编.—郑州:郑州大学出版社,2017.1
(小小说美文馆)
ISBN 978-7-5645-3670-1

Ⅰ.①行… Ⅱ.①马…②吕… Ⅲ.①小小说-小说集-中国-当代 Ⅳ.①I247.82

中国版本图书馆 CIP 数据核字(2016)第 309219 号

郑州大学出版社出版发行
郑州市大学路 40 号　　邮政编码:450052
出版人:张功员　　发行部电话:0371-66658405
全国新华书店经销
河南文华印务有限公司印制
开本:710 mm×1 000 mm　1/16
印张:10
字数:146 千字
版次:2017 年 1 月第 1 版　　印次:2017 年 1 月第 1 次印刷

书号:ISBN 978-7-5645-3670-1　　定价:25.00 元

编委名单

主　编　马国兴　吕双喜

副主编　王彦艳　郜　毅

编　委　连俊超　牛桂玲　胡红影　陈　思
李锦霞　段　明　孙文然　阿　莲
阿　康　荣　荣　蔡　联　徐小红
郭　恒

序

杨晓敏

书来到我们手上,就好像我们去了远方。

阅读的神妙之处,在于我们能够经由文字,在现实生活之外,构筑属于自己的精神生活。透过每篇文章,读者看到的不仅是故事与人物,也能读出作者的阅历,触摸一个人的心灵世界。就像恋爱,选择一本书也需要缘分,心性相投至关重要,阅读的过程中,你会发现他与自己的不同,而你非常喜欢,也会发现他与自己的相同,以至十分感动。阅读让我们超越了世俗意义上的羁绊,人生也渐渐丰厚起来。

在这个信息碎片化的网络时代,面对浩若烟海的读物,读者难免无所适从,而阅读选本无疑是一个不错的选择。从《诗经》到《唐诗三百首》再到《唐诗别裁》,从《昭明文选》到"三言二拍"再到《古文观止》,历代学者一直注重编辑诗文选本,千淘万漉,吹沙见金。鲁迅先生说过:"凡选本,往往能比所选各家的全集更流行,更有作用。册数不多,而包罗诸作。"为承续前人的优秀传统,我们编选了"小小说美文馆"丛书。

当代中国,在生活节奏加快与高科技发展的影响下,传统的阅读与写作方式发生了深刻的变化,小小说应运而生,成为当下生活中的时尚性文体。作为一种深受社会各界读者青睐的文学读写形式,小小说对于提高全民族的大众的文化水平、审美鉴赏能力,提升整体国民素质,在潜移默化中起到了不可估量的作用。小小说注重思想内涵的深刻和艺术品质的锻造,小中见大、纸短情长,在写作和阅读上从者甚众,无不加速文学(文化)的中产阶级的形成,不断被更大层面的受众吸纳和消化,春雨润物般地为社会进步提供着最活跃的大众智力资本的支持。由此可见,小小说的文化意义大于它的文学意义,教育意义大于它的文化意义,社会意义又大于它的教育意义。

因为小小说文体的简约通脱、雅俗共赏的特征,就决定了它是属于大众文化的范畴。我曾提出,小小说是平民艺术,那是指小小说是大多数人都能阅读(单纯通脱)、大多数人都能参与创作(贴近生活)、大多数人都能从中直接受益(微言大义)的艺术形式。小小说作为一种文体创新,自有其相对规范的字数限定(一千五百字左右)、审美态势(质量精度)和结构特征(小说要素)等艺术规律上的界定。我提出的小小说是平民艺术,除了上述的三种功效和三个基本标准外,着重强调两层意思:一是指小小说应该是一种有较高品位的大众文化,能不断提升读者的审美情趣和认知能力;二是指它在文学造诣上有不可或缺的质量要求。

小小说贴近生活,具有易写易发的优势。因此,大量作品散见于全国数千种报刊中,作者也多来自民间,社会底层的生活使他们的创作左右逢源。一种文体的兴盛繁荣,需要有一批批脍炙人口的经典性作品奠基支撑,需要有一茬茬代表性的作家脱颖而出。所以,仅靠文学期刊,是无法垒砌高标准的巍巍文学大厦的。我们编选"小小说美文馆"丛书,是对人才资源和作品资源进行深加工,是新兴的小小说文体的集大成,意在进一步促进小小说文体自觉走向成熟,集中奉献出思想内容与艺术形式兼优的精品佳构,继而走进书店、走进主流读者的书柜并历久弥新,积淀成独特的文化景观,为小小说的阅读、研究和珍藏,起到推动促进的作用。

编选"小小说美文馆"丛书,我们选择作品的标准是思想内涵、艺术品位和智慧含量的综合体现。所谓思想内涵,是指作者赋予作品的"立意",它反映着作者提出(观察)问题的角度、深度和批判意识,深刻或者平庸,一眼可判高下。艺术品位,是指作品在塑造人物性格,设置故事情节,营造特定环境中,通过语言、文采、技巧的有效使用,所折射出来的创意、情怀和境界。而智慧含量,则属于精密判断后的"临门一脚",是简洁明晰的"临床一刀",解决问题的方法、手段和质量,见此一斑。

好书像一座灯塔,可以使我们在瞬息万变的社会不迷失自己的方向,并能在人生旅途中执着地守护心中的明灯。读书是一种积极的生活情趣,一个对未来的承诺。读书,可以使我们在人事已非的时候,自己的怀中还有一份让人感动的故事情节,静静地荡涤人世的风尘。当岁月像东去的逝水,不再有可供挥霍的青春,我们还有在书海中渐次沉淀和饱经洗练的智慧,当我们拈花微笑,于喧嚣红尘中自在地坐看云起的时候,不经意地挥一挥手,袖间,会有隐隐浮动的书香。

(杨晓敏,河南省作协副主席,郑州小小说文化传媒有限公司董事长、总编辑,《小小说选刊》《百花园》主编。)

目录

望海潮

陈　毓

我来谭门三天了。你如果在摆满砗磲、海螺等各种干鲜的店铺里看见我，或者在被月光和日光轮流漂洗得发亮的石板路上和我相遇，就会猜出我的身份：为一斗米挖空心思，寻觅采访对象的记者；或看上去无所事事，其实目光炯炯，渴望随时有所发现的采风者。对，两种身份我兼有。我固执地认为，一个内心没有想法、没有期待、不明白“发呆”意味的人，“出门”这两个字对他来说就没意义。但我真的能够奢侈到只为“发呆”来谭门吗？

是的，我来谭门三天了。谭门是渔村，是因海而生、因鱼而存的渔港。

若是谭门的渔船同时返港，密密的桅杆能遮蔽码头的半边天空。我在这三天吃下的海鲜比我在我的城市三年里所吃的海鲜加起来都多。我想这些鱼若是以我的肚腹为海，会跳跃出什么力量？

苏灿然是我在谭门的向导，陪我四处溜达，担心我一无所获而心意惶惶。直到这个早上，在我们偶然回头一望的瞬间他忽然如释重负。苏灿然指给我看一个人。“那个老太太，我咋就忘了她呢？杨柳青，她九十五岁了。”苏灿然拍着自己的脑门儿说。

我的反应肯定在苏灿然意料中，不等我问，他就说：“她就叫杨柳青，是真名字，她就是九十五岁。”

苏灿然说完，大声朝那个向我们走来的妇人喊：“杨柳青奶奶，您今年几岁了？”

“我九十五岁了，你知道还问。”叫杨柳青的妇人走到我们眼前，把她白脸上的一双黑眼眸照向苏灿然，又照向我，说，“我可不想活九十五岁。”

语气和表情几乎可以用“嫣然”形容，让我更加恍惚。一个和你说她九十五岁的人，而你觉得她的身体看上去最多四十五岁；一张九十五岁的脸上还能生长那样黑亮的眼眸的人；一张你能看见“嫣然”表情的老人的脸。我如中了蛊般恍惚。

我跟在杨柳青轻如狸猫的脚步后，忽略了苏灿然在我身后大声告假，说他要去女友那里讨一杯茶吃，我几乎立即就忘了跟随我三天的苏灿然。

我跟着杨柳青朝海边走，越来越浓的海的气味儿能证明这点。

我跟在杨柳青身后，听见她说：“你紧走两步，我俩并肩走。”

她说的是谭门话，但我一下子就懂了。我紧走两步，和她并肩走。

“你看，两个细身子，能挡住谁的路？”杨柳青朝我眨眼睛，白脸上的黑眼眸明显露出满意和愉悦。

几分钟后我们就走到海边了。杨柳青带我来到一片海礁上，海水漫不到这里，礁石干燥，我们坐下。我相信这是回望谭门的最好角度，同时又能

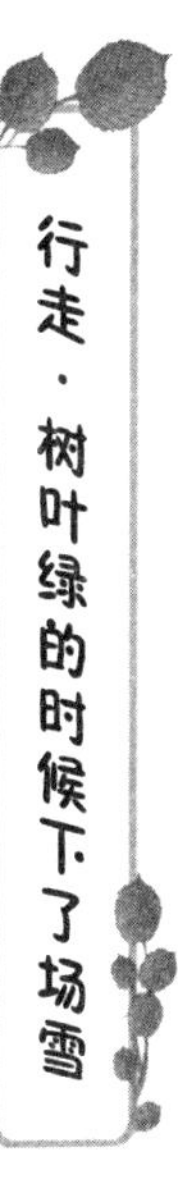

眺望大海在前面接天铺地而去,越发让我觉得身后的港湾稳重可靠,仿佛随时迎候每一个出海人归来。

但是杨柳青生命中最重要的那个人,她的男人,某次出海却再也没能归来。杨柳青没有呼天抢地痛不欲生,她为思念而生的眼泪月亮知道,大海也记住她眼泪的味道了。

他不归。她却每天来此等候,像灯塔一样守信。

"他有一件青布衫子、一件白布衫子。"杨柳青看着海上的某个点对我说,"他出海的那天穿白布衫子。他就是和他们一样穿青布衫子我也看得清。"

我又一次看见杨柳青眼睛里的嫣然。我看向杨柳青的眼睛深处,我想象那里是一片海,想象一个穿白布衣衫的青年,在渔船驶向远天的那一刻,聪明地把身影从一群穿青布衣衫的男人中分离出来,好给爱人轻易识别。那个白布衣衫的形象驻扎在杨柳青心里,直到今天,一直那么意气风发,那样年轻英俊。

我三天来探访的信息在这一瞬间聚合。我忽然明白我在"渔村记事"里看到的一段记述就是在说杨柳青的心上人,我当时遗憾因为年代久远看不到英雄的一张照片,却不料在杨柳青这里和他相遇。他是杨柳青的骄傲,也是整个谭门的骄傲,他十五岁时就能猎得鲨鱼归来。

在谭门,当男孩子长到十五岁,就要在长辈的陪同下第一次驾舟出海,他们要钓到鲨鱼才算完成男孩子的成人礼。她十八岁嫁给他,他们的婚姻是渔村的童话。

婚礼的当晚,他轻声告诉她他成年礼上的鲨鱼,是爱他的父亲藏在船上的,他当然在阳光曝晒的海上寻觅了一整天,他们出海百公里,但他们连鲨鱼的影子都没看见。为什么要用鲨鱼见证渔家少年的勇敢?应该用砗磲——潜水到深海,摘得砗磲献给爱人,这才是海上勇士的样子嘛。

她没恼他,她爱他的诚实。海上勇士的样子在二十八岁永远定格在海

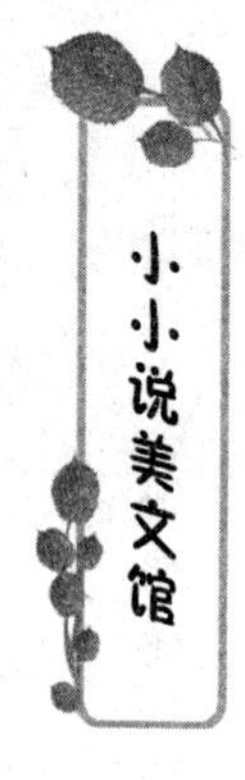

之心,也定格在杨柳青心上。杨柳青的故事漫长又短暂。现在杨柳青回眸看着我问,若是她和她的勇士见了面,他能认出她来吗?

“能,”我确定地回答。

我说:“他能从你轻巧的脚步声辨识出你,能从你的黑眼眸里看见你,更能从你温柔的嗓音认出你。”

杨柳青的黑眼眸嫣然对我,她说:“谢谢。”

用的当然还是地道的谭门方言,但是,她的话,我都听明白了。我想,当一个人对你讲述爱的时候,不管她使用的是什么语言,你都能听得懂吧。

光棍儿之歌

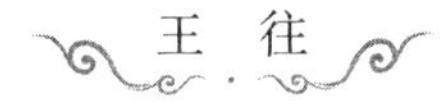

王 往

光棍儿，活在爱神的背影里，徘徊在爱情的花园外。

老家的每个村里都会有一两个光棍儿，多的有十多个。都市中一些人选择单身，是为了追求某种生活质量，而乡村的光棍儿无法成家，却是因为命运的捉弄。他们或者因为家贫，或者因为残疾，或者因为太过老实、木讷不擅交际，或者因某种意外错过了意中人。总之，在爱情的道路上，他们失去了爱神的眷顾。他们形影相吊，孤苦伶仃。

从春天到秋天，他们在村里走着，如同树木，到了秋天，便落光叶子，成了光棍儿。

偶尔回老家，我总会碰上村里的光棍儿，我看到他们与常人不一样的眼神。和他们交谈时，我不敢触及女人的话题，我知道那是他们最深的痛。一人饱了全家不饿，光棍儿们在酒碗里唱歌。

唱他们的孤独，唱他们的酸楚。

对光棍儿们来说，夜晚是最难对付的。夜晚，更能引起他们对男欢女爱的遐想，对自己身世的叹息。

爱情，这人类情感中的玫瑰花，带给他们的只有尖刺；婚姻，这人类繁衍中的并蒂莲，带给他们的是绝望的死水。但是，他们是活生生的人，有人的

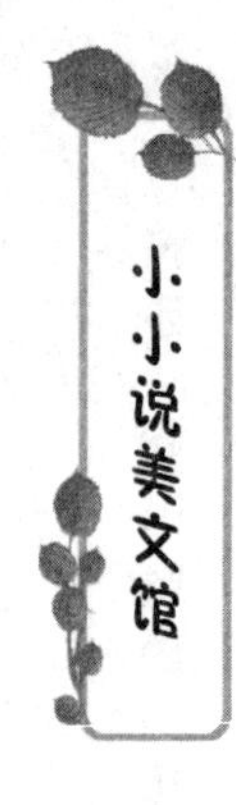

欲望、人的梦想。

他们有的暗恋着某个村姑或小媳妇，有的和某个有夫之妇偷偷相好。

暗恋和偷欢，都是黑暗的爱情。

他们的感情世界注定是夜一般的黑暗。

月光留不住爱情，夜莺唱出了哀歌。

我曾经写过两个取材于光棍儿的故事。一个是以叙事诗的形式写的，题目叫《哭坟》，诗中的小超长得英俊，性格开朗，然而，幼时丧父，家贫，又有口吃，难讨媳妇。有一年，他与一位姑娘相爱，姑娘家反对，姑娘未敢抗争，提出分手，他竟喝药自杀。抢救下来后，终日闷闷不乐。有一年，另一个村的一个叫小菊的姑娘殉情自杀了，本来与他无关，而且可能和他从来没说过话，但他竟日日去坟上哭，说小菊是他妻子。

还有一个光棍儿的故事，被我写进了小说《碎雪》中。主人公均田从二十多岁起，就跟着一个女人，他一生赚的钱都给了这个女人。但是，村里人却从不说笑他们。他们在人前从无亲热的举动，这个女人的丈夫也是夜夜在她身边。均田想和她发生肉体之欢，几乎不可能。人们只看到均田给她家干活儿，只知道均田赚了钱就被女人或女人的家人“借”去。他好像是她

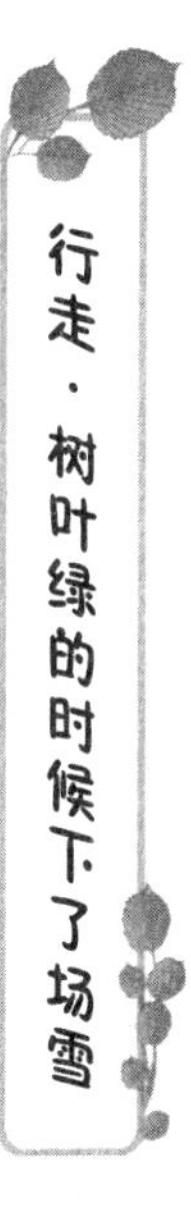

和她家的奴仆。均田死后，村里人大概算算，均田已跟着这女人四十多年了。他死后，女人大病了一场。

每当我写这些故事时，心中都充满了伤感，为人间无处不在的苦难痛苦、忧愁。

现在，我再讲一个光棍儿的故事，和前面的两个小故事不同，它让我的心间充满温情。

前年夏天，多日暴雨，含沙河水暴涨。一日傍晚，狂风暴雨中含沙河决堤了，大水冲向了我们村。我们村地势低洼，房顶几乎与含沙河的河床齐平。村里人见这阵势，大呼小叫，扶老携幼逃向含沙河堤。

人们到了大堤上仍然惊魂未定，只见决口处的水像怪兽一样扑向村庄，田地、道路都淹没了。

在众人的叹息声中，有位老奶奶大声哭着："小欢子没跟着来！我的小欢子你在哪里啊？"

小欢子是个痴呆姑娘。当时，奶奶一时没找着她，就被别人硬架着走了。

"我去找小欢子！"人群中一个老汉站了出来。他是老光棍儿徐伍。

徐伍又对另一个人挥手："大福子，你也跟我去！"

大福子说："好！"大福子也是老光棍儿。

大福子的老母亲说："你们怎么去啊，这水太大了！"

大福子说："妈，我没给你留个后，对不起了，能救一条命，也算我积了德，我走了！"

说罢，跟着徐伍跑下大堤，冲入了水中。

这时，又一个人下了水，跟上了他们。

是光棍儿田昆。田昆三十多岁，比他们小多了。十年前，田昆正值好年华，可是右胳膊让脱粒机绞了，讨媳妇难了，一拖就拖成了光棍儿。

徐伍和大福子说："你怎么也来了，我们这一去，不晓得自己的命能不能

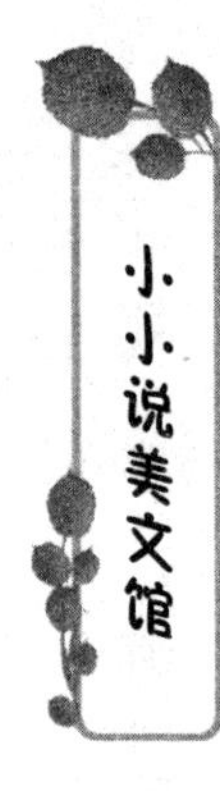

保住呢。”

田昆说：“管他呢，都是光棍儿，要死就死一起。”

他们到了村里，发现小欢子正趴在一张浮在水面的柜子上。

三个人就推着柜子，在齐脖子深的水里移动着。

终于，他们挪到了大堤边。

人们将小欢子拉起，又将他们拉起。

此时，天快黑了。

三个老光棍儿颤抖着。

人们的眼里含着泪水。

人们看到眼前有三簇闪烁的火焰……

黑猫之吻

猫,有着不为人知的智慧。

在家禽和家畜中,没有比猫更自由的了。它不用像牛马那样被役使,不用像鸡鸭辛勤产蛋且要献出肉身,它唯一的任务是捕鼠,而所捕之鼠只供自己享用。它飞檐走壁,走村串户,吃饱便睡,累了便歇。然而,它不知足。有一句老话说,狗不嫌家贫。猫是嫌贫爱富,哪家给它好吃好喝,它便流连忘返。它不在乎人们对它的道德评价,它目睹了那些被人类赞美为"忠诚"的动物的下场。

是的,猫有着不为人知的智慧。它明白嫌贫爱富也是人类的本性,还明白人类的迁徙也是朝着食物的方向追逐,那么,它追求自由实在不算什么错,它不想要那些虚荣。

它似乎有看透人类内心的本领。东方人说猫有九条命,它能在恶劣的自然中生存,能和万物之灵的人周旋。它接受豢养,却拒绝束缚。它知道怎么活下去,并且谋求怎么活得快乐。西方人认为猫是女神的御者,魔法师都依靠它提高自己的灵性。

在我看来,对猫的崇拜也好,贬低也好,都是人类的一厢情愿。对猫来说,它的所作所为都是它的祖祖辈辈们积累的生存智慧。可是,它的智慧无

法与人类分享,大概它也不愿意与人类分享。它的智慧是它的秘密。

但你又不能说它对人类向来无情无义。既然它是有灵性的,它就一定能洞察人们的内心,体会人们施予或者寄托在它身上的某种情愫。

那年,老六在集镇上做小生意,中午回家时,看见路边的垃圾里有一只小猫,瘦得只有一小把,骨头快顶到皮外头了,站也站不稳。老六把它抱到筐里,挑到家里,给它洗了澡,搽了驱虫药,把小鱼烘干了,研成粉,拌到粥里,一口一口地喂。黑猫一天天长大了,没想到它比一般的猫机灵,捉了家里的老鼠还捉别人家的,老六一家喜欢,村里人也喜欢。

后来,老六去了工地,把黑猫也带去了。

有一天晚上,下了班,老六没见着黑猫,就出去找了。

老六进了工地旁边的一条巷子。走到巷子尽头,看见前面隐隐约约有个黑色的猫影子,好像和自家的猫差不多大。老六赶紧追上去。老六跑猫也跑,猫转弯,老六也转弯。到了一个巷口,猫不见了。

"大哥,寻人开心呀。"

老六刚要走,墙边上站着的一个小姐挡住了他。超短裙,长筒袜,低胸领口,两眼直放火花,手里夹着白色过滤嘴香烟。老六再老实,也看得出是个"小姐"。老六没理她,让开她,要走。

"大哥,好像在找什么东西?"小姐装着很关心的样子问老六。

"我找猫。"老六说了又后悔,跟她说有什么用。

"找猫呀,我们那儿有个小妹妹捉了一只猫,说要带回老家的,不知是不是你的?"

老六一听,来了精神:"真的?什么样子的?黑的白的?"

小姐想了一下说:"我光听她说了,没见什么样子的,不过,我听见它在床下叫的。"

小姐把老六带到了发廊里。旧沙发上坐着几个小姐,都跷着腿,抽着烟,看一下老六就不看了,很不感兴趣的样子。

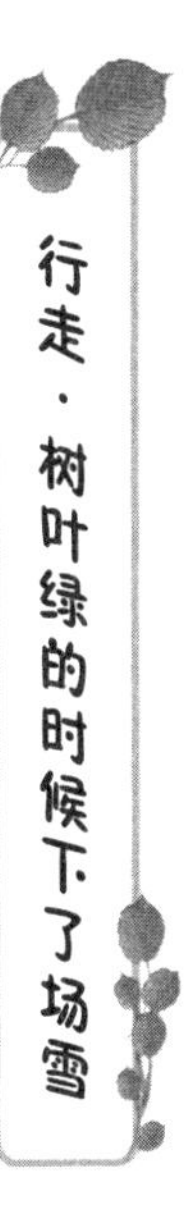

老六问带他进来的小姐:“猫呢?”

小姐笑起来:“这不都是猫吗?”

老六头扭向门口时,和一个人的目光撞上了。

是他的儿子凯荣。凯荣身边还有他的女朋友。凯荣在工地附近的电子厂上班。

老六像被一根粗棍子猛敲了一下,脑子里嗡的一声响。

凯荣冲到了发廊里,指着老六:“爸,你这是做什么呀?”

老六的脸涨得发紫了,说:“我找猫,我找猫,她,她……”

凯荣的脸也涨得通红,声音也发抖了:“好好,你找猫。让你在这儿找!找你的魂!”

老六说不出话来。

凯荣一转身,冲到屋外,拉起女朋友走了。

老六到了门口,已经看不见儿子了。

“死老头,讨了老娘便宜。”老六听见小姐在嘀咕。

老六走出巷子后,没有回工棚。

老六顺着大马路走。不知走了多远,老六累了。老六去小店里买了一瓶啤酒,让店主帮忙开了。店主问要不要花生米,老六摇摇头,一仰脖子,一口气喝了下去。

老六又往前走。走上了一座桥。桥很长很宽,有几个车道。老六趴在栏杆上朝河里看。河里的水黑黑的,离桥面很高。河边也有栏杆,栏杆上挂着的彩灯一闪一闪的。老六好像看见季花了。季花是老六的女人,在家种着地。

老六说:“季花,儿子冤枉我了,我是去找猫的,他说我是去找魂的,我的魂不在那里,在家,在你身上呀。他不听我说,他就走了。他冤枉我了,他要恨我了,我的名声要坏了。”

季花不说话,愣愣看着他。这时,一个黑影跃过桥栏杆,像飞一样。老

六差点儿叫起来，黑猫黑猫，它来了。老六朝着黑影的方向也飞了过去。

第二天中午，公安人员来到工地，说在瑞河塘发现一具男尸，叫工友们或者失踪者亲属去殡仪馆辨认。

几天后，凯荣抱着父亲的骨灰回老家安葬了。

老六又回来了。家门口放了一张大桌，桌上放着几束花，老六的骨灰盒放在花中间，遗像放在骨灰盒上。

季花跪在最前头，后面是儿女，再后面是亲属和庄邻。

凯荣的舅舅带头说了声"磕头"，大家就边磕头边哭。要磕四个头的。凯荣磕了头，没哭，木头雕的一样，呆呆地看着父亲的遗像。

这时候，有一阵风刮来。一个黑色的影子掠过众人的头顶，直向老六的遗像飞去。

老六家的黑猫回来了。它落在桌上，转了个身子，趴在老六的遗像前，脸贴着老六的脸，两眼里湿漉漉的，像是带着南方的雨水。

亡者之路

王 往

葛金从医院回来就没了精神。人们说他得了绝症。

别人生了病,大家都同情,要提点儿礼物去看看,安慰安慰,碰上葛金,人们却巴不得他早死。一个人落到这般下场怪可怜的。

葛金确实做了不少缺德事,宋桥镇人提起他没有不恨的。

鞋匠陈酒举过一个例子。葛金总是把乱七八糟的树枝一半放在自家地基上,一半伸到路上,叫陈酒的三轮车不好走。陈酒的腿有残疾,上下车都很不便。陈酒让葛金不要挡道,葛金说"晓得了,晓得了",可第二天还是老样子。

木材贩子树立说，他在河坡上栽了两排白杨树，眼看树都活了，叶子生出来了，葛金却把他的树苗往上提，结果都枯死了。

树立还说，葛金容不得别人好，哪家的水田施了肥，葛金就偷偷地给人家的田埂子挖个口，让水排到渠里，让人家白忙一场。

对葛金的病，人们都认为是报应。人们以为葛金坏事做到了头，再也翻不起大浪了。哪知道葛金还是很恶，而且对付的人是他年近八十的老母亲。

一天早上，人们听见他大声责骂着他老母亲，言语污秽。很多人看不下去了，叫葛金的弟弟葛银去教训他。

葛银对葛金说："你要是再骂，就找人给你捆起来。"

葛金说："我都要死的人了，谁也不怕，你去叫人啊，叫一个来，就我用斧子劈一个！"

葛银一时没了办法。

这时，来了一个人，是退休教师宋先生。宋先生人品好，在镇上很有威望。

宋先生说："葛金，不管怎么说，你骂老母亲都是不对的，做人不能这样。"

葛金大叫道："我就是要骂，骂这个老东西，她害了我！"

宋先生问："老母亲哪里害你了？你说说！"

葛金说，他十八岁那年，父亲得了一种病，眼看不行了，就从床上挪到了地铺上，等着办后事。棺材、寿衣都准备好了，可是过了十多天父亲迟迟不闭眼，母亲说可能是门槛挡住了魂，叫葛金用锯子将门槛锯了。葛金不同意，于心不忍。

母亲说："让他早点儿死吧，这样不死不活地躺着，还叫不叫人做别的事了？你给我锯了！"

葛金听了母亲的话，锯了门槛，刚一锯完，父亲就死了。

葛金说着说着，突然蹲下大哭起来，边哭边说："宋先生，是我把我父亲

害死了呀，我五十岁不到就得了这病，人家都说是报应，说得没错，是报应啊。”

宋先生耐心地安慰着他：“这都是过去的事了，你父亲是生病去世的，我们都知道，怎么说是你害死的呢？你母亲当时也是为了让他早日解脱，情有可原，她都这么大岁数了，你骂她于心何忍，情理何在，别人又会怎么看你？起来吧，好好调养身子。”

葛金听了宋先生的话，不再骂老母亲了。

一天午后，葛金去镇子西边的鱼塘钓鱼。鱼塘主人老沛在对岸看见了，就气冲冲地要过去撵他走。老沛的女人闰月说：“算了吧，别跟一个要死的人计较。”

葛金钓了好久也没有收获，就想换个地方。葛金扒开一片芦苇，拿出饵料打食。手刚扬起，脚下一滑，葛金掉进了鱼塘。葛金先是呛了两口水，扑腾几下才发现那地方地势陡峭，什么也抓不住，葛金本来是病体，经冷水一浸，便觉浑身收缩，有气无力。葛金想，这下死定了。哪知道，胯下有个东西顶了上来，将他驮向一处坡度小的地方，葛金抓住了芦苇根，那个东西又是一顶，葛金就上了岸。

葛金看看水里，平静如常。

从那以后，葛金还是经常去老沛家的鱼塘边，只是不再带渔竿了。这儿转转，那儿看看，好像在寻找什么。

一个多月后，葛金不去鱼塘边了，听说已经卧床不起了。

葛金再次从床上起来时，已经瘦得不成样子了。

他又去了老沛家的鱼塘边，站定了，痴痴地看着水面。

闰月来投鱼饲料，见葛金在那儿站着，身子单薄得像根枯树枝，就生了同情，说：“葛金，想钓鱼就来，我们不会说什么的。”

葛金说：“不钓了，我就是来转转，这鱼塘不错，你好好管，准有大收获。”

葛金回家后，见他老母亲坐在门前藤椅上晒太阳，说了声：“妈，我对不

起你。”

然后，跪在了母亲面前。母亲正打瞌睡，没有发觉。葛金就一直在那儿跪着。葛金的身后站了好多看稀奇的人。宋先生看见了，赶忙上前拉起他。

宋先生说：“大家都知道你的心了，你老母亲也不会不知道，跪一下就行了，你这身体不能折腾。”

葛金临死的前几天，倒变得平静了。他买了纸钱，自己在家剪成一片一片的，放在笆斗里，对女人凤竹说：“到时候我上路了，就用我自己剪的纸钱撒，笆斗里有什么撒什么。”

凤竹一辈子都怕他，这会儿更不敢反对了，只是点头。

葛金咽气的前几分钟，宋先生扶着葛金的老母亲来看他，葛金断断续续地说：“妈，我要死了，要死了。”

老母亲蹲下身子，抱着他的头，说：“儿啊，别怕，妈在你身边呢。”

葛金就流下了泪。一旁的亲友邻居也都唏嘘不已。

出殡那天，两个亲友撒着纸钱，才发现纸钱里夹着一张张照片，都是葛金的二寸半身照，表情平静。纸钱飘到了路旁，照片却都落在了路面上。

亲友问凤竹怎么办，凤竹说：“他叫有什么撒什么的，撒了吧。”

葬礼的主事人是宋先生，他本来没去墓地，在家管账的，听说了这事，忙到路上看个究竟。宋先生让人把照片都拾起来，交给他。

宋先生带着照片去了墓地，把照片都烧了。宋先生高声说：“葛金，你放心走吧，没有人忍心从你身上踏过，大家都在宋桥镇过一辈子，谁都有对有错的时候，没人计较你了，你好好走吧，放心走吧。”

宋先生这话说完，就有人哭起来，开始是一两个人哭，最后哭声连成了一片。

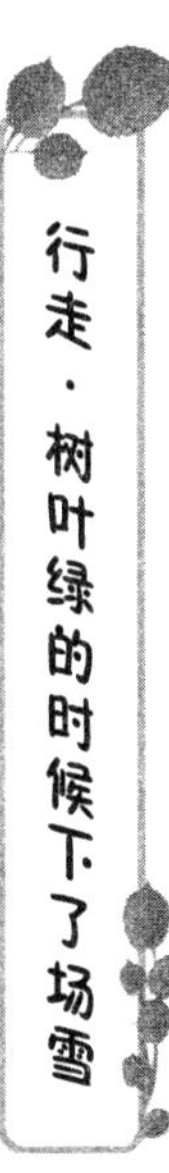

耳朵

谢志强

会开多了，就发现了规律。有的会议，只带耳朵就行了；有的会议，只用带嘴巴，因为，你得发言，至于听不听别人发言，无所谓，有会议材料呀；而有的会议，耳朵、嘴巴都不用带，带眼睛就行，反正会议材料人手一册。

需要用嘴巴的会议，我不得不参加。那些用耳朵、眼睛的会议，属于可参加可不参加。于是，就有了替开会议的人。有的单位，甚至设了专职开会的人，开完会，资料交给应开会的人，算交差了。

我分身无术，何况，单位里一个萝卜一个坑，找谁替我开会呢？现在上级要看下级的脸色呢，你找一个替你开会的人，他会说："我的级别不够。"那意思是你得提拔他。头儿碰壁一次，心里就发虚。活该。不在其位不谋其政嘛。

开会开多了，我就发现若干张熟悉的面孔。点名要他发言，他就说："我难表态，头儿有别的会议，我来替会呢。"

老刘就是一个替会的人。看样子，是单位返聘的，却从未听过他发言。他是个忠实的听众，他坐得像小学生那么端正，注视着讲话的领导，恨不得把每一个字都装进耳朵。老刘是个仅带耳朵参加会议的人。

我不知道老刘来自哪个单位，代替哪个头儿开会，总之，脸已混熟，至多

点头笑笑，但从未交流过。我认定：这是一个称职的替会者。因为，无论会议开多久，他都坚持到底，而且，保持着端正的坐姿，像一尊塑像——良好的会风，反映了所在单位的风气，简直是无声的会议形象代言人。

终于，听见了老刘的声音，是一次类似的圆桌会，桌子拼成正方形。一个来头不小的领导来艾城调研——听取艾城各方面的情况。

轮到老刘发言，他跳过自己，把话筒转给下一位，并把手放在嘴上，接着又摆一摆手，意为不发言或没什么要讲的了。

座谈会很宽松。击鼓传花一样，依次发言。老刘侥幸跳过——一副理所当然的样子。

我坐在会标下的主席台——无非是正方形的一个边。我得记些什么，因为没会议资料，都是即兴发言（其实都有所准备，而且成文了）。我是会议纪要的三个执笔之一。

最后，是来调研的带队领导讲话。他的水平不错，竟同步把一圈发言分门别类，提炼归纳出三大特色。

会场不大，但很静，甚至能听见记录笔写字的声音。这种时候，表现出的是艾城的形象了。

领导讲到第二个特色的第三小点，对边响起了说话声，比领导的声音

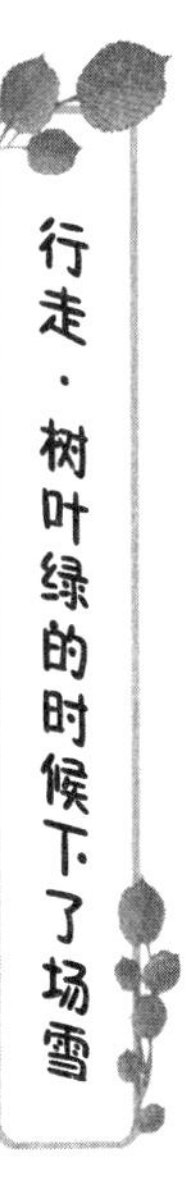

还响。

是老刘。他正跟邻座交谈，样子是说悄悄话的交头接耳状，说出的声音却无所顾忌、胆大放肆，好像弥补他没发言，却如同在渡口喊船。

显然，老刘遇上了知交，可能好久没有相见——那是一张陌生的面孔。

正方形的四个边的脸，以各种姿态聚焦老刘。老刘沉浸在述说之中，根本没察觉自己被关注。

领导停顿片刻，拿起茶杯，呷了一口茶，以此等候老刘把话讲完。一种让别人讲话天不会塌下来的从容。

我望着对边儿（四方形的中间摆着三个盆景）的老刘，替他着急，恨不得捂住他的嘴。他在说过去的一件事儿——关于同一个朋友的友谊，而那个朋友已去世。老刘才知道朋友已"不在"，很激动。何必说得那么响亮呢？

另一个邻座，用肘子捣了一下老刘。老刘这才发现整个会议的目光集中在自己身上，他立刻闭了嘴。

我想起了上山下乡蹲点那个村里的广播室，播音员和男友（知青）在恋爱，竟然忘了关面对的话筒——全村都听到了恋爱。那是知青点发生的最大的政治错误。

召集会议的人很客气，安排了会议餐。我和老刘坐在一桌，还有他的知交。我敬过他酒。

为了证实我的判断，我悄悄问："老刘，你多大了？"

他的耳凑近我的背。他像队列里报数："五十六岁。"

我指指耳朵，说："听力怎么样？"

他侧侧耳，看看我。

我重复刚才的动作和话语。

他高声说："助听器忘带了。"

怪不得喊得那么响（担心对方听不到，说如同喊）。我说："你讲话的声音，像对着话筒，让我想起插队落户时的事儿。"

大漠里的旗帜

刘建超

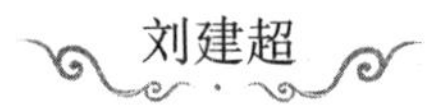

她来看他，是为了离开他。

他不知道，他兴奋紧张地搓着一双龟裂粗糙的手，说："这么远，天啊，你怎么来了？"

她看着他，看着相恋几年、那个曾经帅气、充满诗意的小哥，如今粗犷得像工地上的装卸工。她还是没有忍住泪水，晶莹的泪珠在白嫩的脸颊冰冷地滑落。

她下了火车乘汽车，走了三天三夜，又搭乘过往的大货车颠簸了一天，才在一望无际的荒漠中看到了他居住的那个小屋——西部边陲的一个养路站，只有一个人的养路站，养护着近百公里的国道。

她和他在大学相识，他们都是学校野草诗社的成员，酸不拉叽的诗常常让他们自己骄傲得忘乎所以。他俩相恋了，就因为都喜欢泰戈尔的诗。生如夏花，死如秋叶，还在乎拥有什么？在校园的雁鸣湖边，他轻轻地吻了她，说过不了几年，他将成为中国诗坛的一面旗帜。

浪漫似乎只在校园里才蓬勃疯狂地蔓延。当毕业后走上社会，才知道校园的美好都被现实无情的铁锤砸得粉碎。为了寻找工作，他和她早把诗意冲进了马桶。

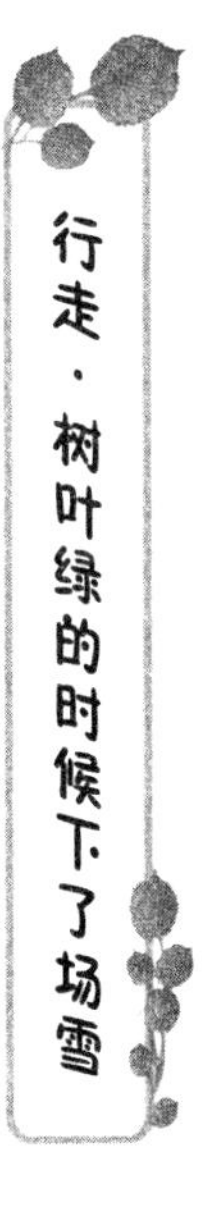

他的父亲是养路工，在西北。父亲生病期间，他去了父亲生活的城市照顾父亲。父亲去世后，他竟然接过了父亲手中的工具，成了一名养路工。

大漠荒烟，千里戈壁，他给她写信，描绘着他眼前的风景："天空虽不曾留下痕迹，但我已飞过。我真的感受到泰戈尔这句话的含义了。"

她感受不到那些诗意，没有他在身边的日子寂寞无聊。家里人给她介绍男朋友，她都拒绝了。可是，她也不确定自己究竟能等到什么样的结果。

一年一年的春花秋月，把他们推向了大龄的边缘。经不住妈妈的哭闹哀求，她妥协了，去见了妈妈公司领导的儿子。小伙子很精干，谈吐也很得体。她就模棱两可地处着，心中还是牵挂着远方的他。

她要了断同他的情缘，这样下去对谁都不公平。

她给他带了大包的物品。他笑着说："我这儿啥都不缺，啥都不缺。"

她环顾四周，煤气炉、木板床、米、面、油、咸菜。

他笑了，似乎恢复了校园里的神气，开玩笑说："孟子曰'天将降大任于斯人也，必先苦其心志，劳其筋骨，饿其体肤，空乏其身'。这些我都具备了，就等着天降大任了。"

晚饭是稀饭、馒头，以及她带来的熟食。

他居然端出了一盘鲜绿的青菜。在这一抹黄的沙丘，见到鲜绿的青菜，她都舍不得动筷子 。

"你一个人不寂寞吗？"她问。

"不寂寞，白天养路，晚上看书，看你的信。我能背下来《泰戈尔诗集》，也能背下来你写的每一封信。"

夜晚，她躺在床上，他躺在地上。荒漠的风像狼一样嚎。

"我明天就走吧，看看你，我也就放心了。"她说。

"嗯，谢谢你来看我。好好生活吧！"他说。

她伸出手，他也伸手，细嫩的手被粗糙的手握住。

她哭了，翻下床钻在他怀里哭了。

第二天风和日丽。她搭上了一辆过路的货车。

司机是个很健谈的小伙子,踩下油门也打开了话匣子。小伙子说:“这个养路站就像是长途车司机的驿站,加油、加水,填饱肚子。养路站就那小伙子一个人,他还学会了修车补胎。几千公里的路段,就他养护的这段路最好。”

在一个大拐弯处,司机停下车,提着一只袋子下了车。

她伸头望去,路基的远处是一个低洼带,竟然有一片十几平方米的小菜地。菜地里的绿色格外养眼。怕菜苗被飞鸟或小动物侵害,菜地的四周插满了树干,树干上挂着五颜六色的布条,像是挂满了万国旗。

司机把袋子里的土倒在菜地边,回到车上说:“经常走这里的司机都知道给这块菜地带点儿土。这地方风沙大,就这一块是个避风的港湾。那小伙子每天都要骑车几十里来这里种菜浇水。来场大风暴,菜地就没了,风暴过去后,他重新再开。我们司机每次经过这里都要鸣笛致意,我们把它称为大漠里的旗帜。那些布条上都写着一些字,有人说是诗,我也不懂。反正我记得其中一条上面写着,‘生如夏花’。”

她的眼泪夺眶而出,她的名字就叫夏花。

她回到家,眼前总是飘舞着大漠里那些五颜六色的旗帜。

她又准备动身去看他,她带了一挎包土。她要告诉他,大漠里的旗帜下不该少了家乡的泥土。

梅花三弄

夏 阳

梅花一弄,断人肠;梅花二弄,费思量;梅花三弄,风波起。

——姜育恒《梅花三弄》

候车室里,人稀落。他穿过人群,向检票口走去。就在这时,他听见有人在叫自己。回头一看,是一个陌生的姑娘。

"你叫我?"他问。

"嗯,我好像在哪里见过你。"

他挤出一丝苦笑,忍不住揶揄道:"我都一大把年纪了,你这话应该去问年轻的帅小伙。"

姑娘的脸涨得通红。

其实,他也感觉自己似乎在哪里见过这姑娘,但是时间不允许了——火车已经进站,马上就要开了。

这是一趟开往省城的慢车,时间正是中午时分,车厢里没几个人。他坐在座位上,望着窗外一掠而过的风景,在心里揣摩,刚才那姑娘是谁呢,怎么感觉这么熟悉?谁呢?到底是谁呢?他冥思苦想,好一会儿,终于从岁月的尘埃里提溜出一个名字——李秀花。

这是一个老掉牙的故事。他小时候因为父亲死得早，家里非常贫穷，穷得只剩下一间摇摇欲坠的小土屋，连书都读不起。母亲望着成绩出类拔萃的他，整天愁眉苦脸。孤儿寡母，长久下去，不是个办法。母亲想啊想，终于想出了一条出路。

不久，在族长和村干部的主持下，他和村东的李秀花结为娃娃亲。李秀花家负责供养他读书，但条件是他成人后必须娶李秀花为妻。他那时也不算小了，正读初二，很满意这桩婚事。李秀花不仅人俊俏，聪明伶俐，而且家境富裕。

依靠李家的供给，他不负众望，初中毕业考上了地区的师范学校。三年后，他成了镇中的一名老师，吃上了人人羡慕的公家饭。就像陈世美和秦香莲的故事那样，李家辛辛苦苦供他读了五年书，他最后却和镇长的千金结婚了。

迫于镇长的淫威，大家敢怒不敢言。但他明显感到了周边的变化，全校老师没有一个和他来往，集体用沉默的方式孤立他。每次回村里，全村人都对他横眉冷对，他一转身，就会听见有人恶狠狠地骂道："呸，忘恩负义的畜生!"

体弱多病的母亲一气之下，离开了人世。他永远记得，在埋葬母亲时，他到处给村人下跪磕头，央求着人家把棺材抬上山去。

随着年龄的增长以及他对世事的日渐开悟，终于明白当初选择做镇长的女婿，是这辈子最愚蠢的错误。母亲死后，他无颜再回村里。他内心痛苦不堪，感觉自己是一个孤魂野鬼。每每想起李秀花，他后悔不迭，多么善良纯朴的姑娘，因为自己的抛弃，蒙羞远嫁他乡。而镇长家的千金，飞扬跋扈，极难相处。他活得很不快乐。

那姑娘应该是李秀花的女儿，那眉目，那神情，活脱脱一个当年的李秀花。她过得还好吗？他禁不住喃喃自语，眼眶里盈满泪水。几乎是一瞬间的决定，车到了下一站，他匆匆下车，穿过站台的天桥，转到另一边，去搭返

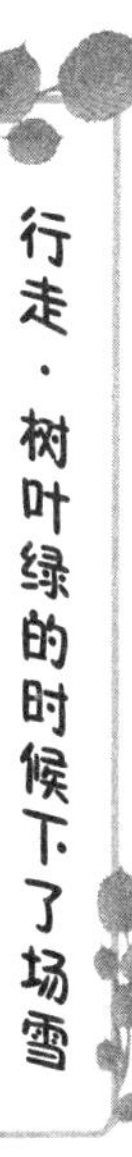

回的火车。

火车可以开回去，但人生回不去。尽管如此，他还是想找到那姑娘，问一问李秀花的近况，看自己能不能帮上点忙。最重要的是，他想赎罪，郑重地道一声对不起。

谢天谢地，那姑娘还在。他站在她面前，像一个考试不及格的小学生，红着脸，支支吾吾道："孩子，你是李秀花的女儿吧？"

"啥李秀花，叔叔，我是孟晓冬的女儿。"

"孟晓冬？"他大吃一惊。

"是呀。我也是你走后才想起你是谁来的。别不好意思，我看过你的照片呢，我妈妈和我讲过你们之间的故事。"

这一下，他觉得更难为情了。所谓他和孟晓冬的故事，是他贵为教育局局长后。一次在省城参加学习，两人相互认识了。孟晓冬是一个离了婚的女人，带着一个女儿。孟晓冬温柔大方，知书达理，最让人惊讶的是，她的长相和李秀花非常相像。男人就是这样，越得不到，越觉得珍贵。他最初注意到孟晓冬，就是因为她长得像李秀花。两个人两情相悦，爱得死来活去。从

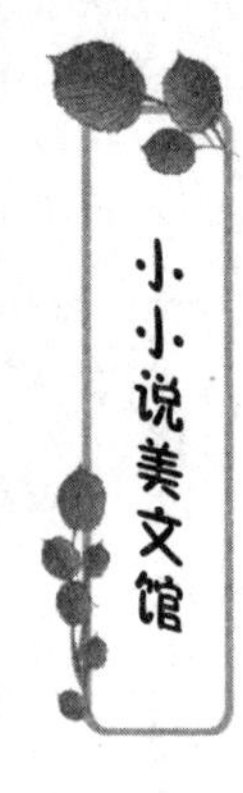

省城回来，他开始闹离婚。随着岳父的官越做越大，当年镇长的千金，摇身一变，现在是市长的女儿了。市长的女儿又哭又闹，弄得满城风雨，最后在岳父的胁迫下，他屈服了。

他亲昵地拍了拍孟晓冬女儿的肩膀，说："叔叔当初也是迫不得已，相信你妈妈会理解的。"

孟晓冬的女儿笑嘻嘻地说："那当然。叔叔你不知道吧，领导说我妈妈勾引有妇之夫，生活作风有问题，被单位通报批评呢。"

他苦笑了一下，眼里含着泪花说："我现在是无妇之夫一身轻了，我老婆昨天火化了。我刚才坐车去省城，就是想去找你妈妈。你知道吗？你妈妈是我的最爱。"

"可是……"孟晓冬的女儿看着他，为难地说，"可是，我妈妈已经结婚了。"

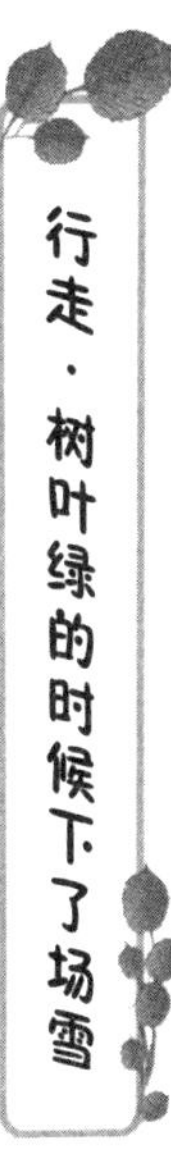

日光机场

“我在机场路春天花园有一套空房，一室一厅一厨一卫。亲，如果你正处于受伤期，需要找一个安静的港湾疗伤，那赶紧联系我吧。”

望着电脑显示屏，果果怔住了。

这是本地论坛上的一个帖子，楼主的 ID 叫“墨者”。果果大学读的是历史专业，当然知道墨者的含义。几乎是一瞬间，刚失恋的她，决定上那儿去住几天。果果试着用论坛消息联系对方，并告知自己的手机号码。很快，有人往她的手机上发了一条短信：18 栋 902 房，钥匙在门口的鞋柜下面。

房子不大，但很洁净。除了卧室里摆了一张简易的木床，几乎没有任何家具，空荡荡的。一室一厅一厨一卫，果果瞅了几眼，便门窗紧闭，倒头呼呼大睡，像一个跋涉多日的旅者。

果果醒来时，夜已经黑透了。窗外，滴水成冰，寒冬的烈风呼啸不止。被子很干净，是乡下的那种棉花被，温暖厚实，像母亲的怀抱。一想到母亲，果果心里很暖和，感觉住在这里很踏实。

起来解了个手后，果果拥着被子坐在床头，百无聊赖地点燃了一支烟。这时，她惊喜地发现床边的窗台上放着一台迷你音响。顺手摁下播放键，轻柔的钢琴声跳跃而出，紧接着一个女子的吟唱缓缓响起。她天籁般的嗓音，

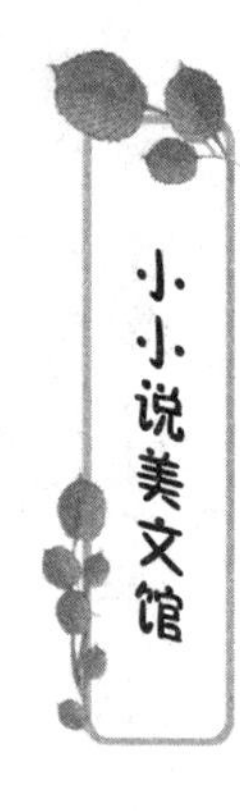

从云端滑落下来，无遮无拦，潮水般将果果吞没："从云端到路上，从纠缠到离散，有缘太短暂，比无缘还惨……"

这一切来得太突然，让果果措手不及。她的眼泪，大颗大颗地跌落下来，跌在被子上，成了伤心欲绝的碎花瓣。黑暗中，她号啕大哭，瘦削的双肩抖个不停，像一个受伤的软体动物。她原本以为一切快要过去了，没想到许茹芸的一首《日光机场》，轻而易举地撕开了她还没有完全愈合的伤口。

一首《日光机场》，反反复复。在许茹芸空灵缥缈的歌声里，果果无所顾忌，哭成泪人。她从没有这么痛快地哭过。两个多小时后，沉积在果果心中多日的壁垒消融了。她想以后再也不会为那个男人伤心难过了。因为，她刚才用自己的哭声和许茹芸的歌声，为那段不堪回首的过去举行了隆重的葬礼。

果果打开灯，穿好衣服，站在洗手间的镜子前，默默地打量着憔悴的自己。许久，她长长地吁了口气，感觉到了一种前所未有的轻松。她心想，面对一个背叛自己的男人，没有理由不把自己释放出来，没有理由不活出个人样来。

从洗手间到卧室，从卧室到客厅，来回踱了几步，果果感到自己很饿，饿得厉害。也难怪，她足足两天粒米未进。

厨房里，不见任何炊具，清冷的灶台上搁着一把电热水壶，还有几盒方便面。果果一边对着水龙头给壶里续水，一边嘴里忍不住嘟囔："这也太墨者了吧！"

水烧开后，果果拿起一盒方便面，正要撕开，发现底下还压着一张纸条："如果你想对自己好一些，橱柜里有美味的火腿肠。"

果果忙打开橱柜，还真发现了几包火腿肠，也有一张纸条："如果你想对自己再好一些，床底下还有更美味的卤鸡翅。"

果果又跑到卧室里，趴在床边朝里面费劲地摸，摸出了一个纸箱，里面搁了几包卤鸡翅，同样也有一张纸条："如果你想对自己最好，现在可以开怀大笑。"

字的一旁，还画了一张大大的笑脸。果果捧着纸条，轻轻地笑了，笑得很快乐。

果果忍不住琢磨起来，这个墨者，字迹端庄遒劲，看似刻板，实则是个有趣的男人。房内设施简陋，甚至寒酸，除了一张床、一把电热水壶，别无他物，但从很多细节可以看出来，这个男人内心细腻丰富，譬如那首非常适合疗伤的《日光机场》、床头的纸巾、马桶上的笑话杂志。

天亮后，晴日朗朗，果果站在阳台上，望着不远处的青山绿水，舒舒服服地伸了个懒腰。"活着，真好！为什么以前就没发现呢！"果果由衷地感慨道。发完感慨，果果想了想，还是拨通了墨者的电话。她很想真诚地道一声感谢。

可是，里面传出来一个女子的声音："你好，哪位？"

果果说："我想找墨者。"

那女子说："我，我也不知道谁是墨者啊。"

果果愣住了，纳闷地问："不是你昨天发短信给我的吗？"

对方轻轻地笑了，说："是我发的，但我也不知道那房子是谁的。和你一样，我也是疗伤者，前段时间在那里刚刚住过。"

挂完电话,果果蒙了。

好一会儿,她像明白了什么似的,开始屋里屋外忙碌起来,宛如一个标准的钟点工。直到太阳快落山时,她才擦了擦汗水涔涔的额头,依依不舍地离开。那么,在这么长的时间里,果果究竟做了什么呢?

她先把被子抱到阳台上去晒,又洗了被单,做了全屋的卫生,然后清理了垃圾,再去楼下小区的便利店里采购了一些方便面、火腿肠和卤鸡翅,将这些食品和那几张纸条复归原位,将一切恢复到最初的模样。临走时,小心地把钥匙放在门口的鞋柜下面。一切如初,似乎她从未来过。

也不对,她还额外做了一件事——她买了一箱纸杯装的速溶咖啡,放在阳台上。箱子上贴了一张纸条:"现在一切都好了吧?那么,就来杯咖啡犒劳自己吧,好好享受这美好阳光。"

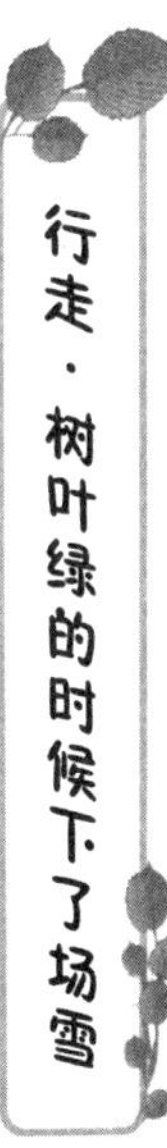

深居山中

安石榴

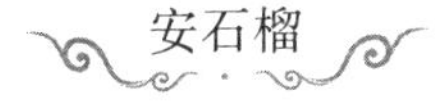

父子两人走进深山老林，是十二年前的事情。那时，父亲三十八岁，儿子八岁。他们上路的时候，父亲并不确定此行的目的，从前他也一直过着走一步看一步的日子。

儿子跟在父亲身后，还不会问为什么，一门心思记着脚下量过几个白天和黑夜。这件事他起初干得很来劲儿，后来累垮了，就不记了。

只有那件事令他久久不忘。那天，他们走上一条不分开蒿草和杂树就没法走的一人宽的毛毛道。正是盛夏时节，儿子的脸和胳膊被绿叶子划出一道道血痕，沁过汗水，火辣辣地疼。

他们的食物吃光了，他们遇见了一个小房子。房子可真小，只有一个小窗户、一个小门，窗户和门框由柞木条做成。小窗子打着井字格，柳条子编的门大敞。

屋里没有人，父亲先看到的是地上两节光皮树桩。他知道，它从前是长着长着却长空了的树，现在它们是木桶。父亲打开桶来，吁出一口气，一个桶里装着玉米面，一个桶里装着小米。不管主人在还是不在，他知道他可以熬一碗粥和儿子一起喝。然后，他才看到桶盖上一层厚厚的灰尘。小屋里只有一铺小炕，儿子叫了一声，他发现炕面子上紧挨着烟囱根儿的地方有一

蓬绿莹莹的青草。

小房子由塔头墩垒砌。塔头墩哪儿来的呢？很久之后，父子俩上山下套子，走出去很远，碰到一块沼泽地，苔草和泥炭凝结成一个个塔头墩，列队似的布满沼泽，缝隙中的水闪闪发亮。

父亲告诉儿子："小房子的主人不会回来了，小房子是我们的家了。"

儿子问："主人去哪里了？"

父亲摇摇头，望着青山，没说话。从此，他们安心睡在主人铺在炕上的狍皮褥子上，使着主人的铁锅。遇上爆发火眼，父亲摘下天棚上的熊胆用上一用。

十二年之后，这些东西还用着，只是熊胆又换了一个，父子二人打到一只黑瞎子，取了胆。先前那一个也并未用完，他们送给了一个采药人，人家留下一斤食盐。

父亲的思路停住了，他不乐意想起的事情更多些，他躲避它们。他躺在炕上好几天了，昨天傍晚他嘴角突然流出一丝涎水。儿子以为父亲想吃荤腥了，对他说："明儿个我进山，打个狍子吧，回来烀上。"

清晨，儿子把一碗小米饭、一碗水放在父亲枕头边，他没事儿的时候坐在外面柴火垛上给父亲刻了一个红松木夜壶，也放在伸手可及之处。然后他说，妥妥的了。父亲想，儿子还不知道他不会说话了，儿子从未见过垂死的人，他哪里知道一个要死的人是什么样子呢？

儿子向山上走去，很快进入一片针阔叶混交林。山中六月，树木茂密，藤萝繁盛，父子两人在另外三个季节开辟的便道已看不到了，他用猎刀一边清理一边前行。四个小时后，他终于进入松林。他松了一口气，阳光透射进来，投下或疏或密的亮点和亮块。一大根木头上有一只花鼠，他在稍远处停下来看，不想打扰它，却觉得有趣。花鼠独处的时候也是一副慌张惊恐的样子。它嘴里含着松子，两腮鼓鼓的。他知道它在晾晒储物，可是，要把一粒粒松子放到木头上，它却不能一次做到。它哆哆嗦嗦地跑来跑去，四下张望，总要几次三番才肯放下。小东西发现他了，仓皇逃窜，再也不出来了。他走到近前去，木头上蘑菇、松子摆了一排。多么会过日子的小家伙！他猫着腰又看了一会儿，捡起一颗掉在松针上的干蘑菇，替它放在蘑菇队列里。他没有跨越木头，而是绕了过去。

他走出了松林。前面是一片开阔地，草海紧连着阔叶林带边缘，他在那里会找到狍子。但他并没有马上行动。他坐了下来，双手扳着两腿交叉盘结，头低在胸前，然后他突然松开四肢，仰面躺下去。蒿草淹没了他，天空瓦蓝瓦蓝的，他看着那一方蓝，发了好一阵子呆。

他爬起来，拿过枪。山林被亘古积累的庞大寂静裹挟着，一颗子弹的爆裂声似乎被那寂静扼住了，与一根垂挂很久的枯枝突然坠地的声音不相上下。他肩扛狍子踏上归途。

松林里出了大事。那根木头被推翻在一边，蘑菇和松子撒了一地，木头

下现出一个被破坏掉的小土洞,留下了入侵者的足迹。他仔细端详着,想,这是个大家伙。他把狍子放在地上,捡起蘑菇和松子揣进怀中,爬上一棵松树,选一根粗枝,把它们摆在树枝上。要是小东西那时候恰巧没在家,要是小东西躲过了黑瞎子的魔爪,它就会找到它们。

剩余的路已经不多,也不难走,他走在自己早上开出的道上。他走出针阔叶混交林的时候,对面山上的林木一片黑暗,灰蒙蒙的雾气在山谷间翻滚流淌。小房子没入苍茫之中,就像沉入急流之底。他知道它在那儿,可是他看不到它。

他不敢再往下想。狍子横在肩上,他两只手分别抓着狍子的前腿和后腿,抓得牢牢的。然后,他站在那儿,呜呜咽咽地哭了。

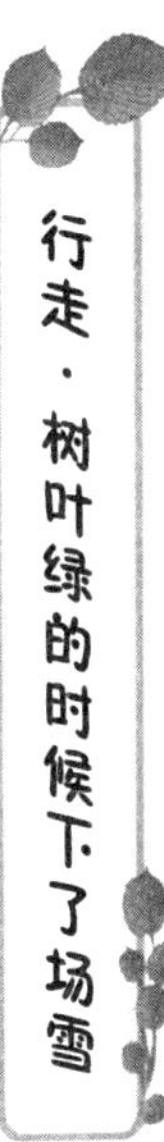

所谓追随

安石榴

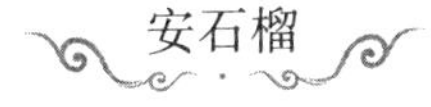

我的邻居，不知其姓甚名谁，也不知道他住几楼。仿佛是说过的，但我终未记住，只知道他住在我楼上某一层。

最初知道他，是他弄了一根长电线，从楼上引到小区地面，电线的尽头连着抛光器，机器飞旋出一阵刺耳的噪声和纤细浓烈的烟尘。噪声停止烟尘落定，他的根雕稳坐在水泥地上。都是规格很小的东西，有的很具象，如鸟类、波涛或者亭台楼阁；有的很抽象，我并未费一点儿细胞去想象，就那么懵懂着吧，也无所谓的。反正都是愉快的小东西，这就足够了。它们的主人五短身材，平头，没有胡须。你懂的，我的意思是他并不把自己秀成艺术家的范儿。尤其眼神，没有艺术二把刀们通常有的假古董一样的贼光。这是我乐意驻足聊一会儿的前提。

他每年都这样在室外操作几次。上一个夏天，我看着全身灰扑扑的他，问他："舍得卖吗？"

"不太舍得。"他笑笑说，"不过，也卖了一个。"

"多少钱啊？"我俗气地问。

"一万元。"

"呀，赚大发了。"我晓得这是句外行话。

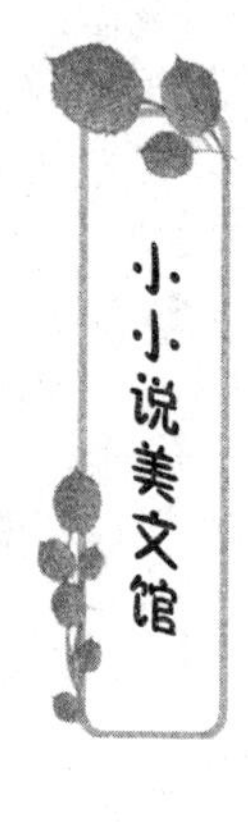

果然，他有些无奈地笑了："也不见得，我十几年的东西呢。"

他点燃一支烟："本月二十六日，会展中心有我一个根雕展。有兴趣你去看看吧。"

"好啊，有时间我一定去。"为了显示真诚，我又复述了一遍他说的日期。

也就仅此而已，我并未去看他的根雕。

我常常想，这样一座市区人口不足五十万的小城，到底有多少这样对艺术怀有热望的人呢？

今年春节前，市文联搞联欢，我提前半小时到场，迎面碰上一个叫余力的人，他是书法家，大约十年前我就认识他了。他的女儿和我的女儿及另两个孩子跟同一位老师学习二胡。孩子们上课的时候，我们四个家长在外间闲聊打发时间，常听书法家说协会的趣事，他似乎也跨行，因说起在当地晨报、周刊和日报上发表文章的事情。我从未插言，我是那种嘴很懒的人。这使得某一年市文代会上他看到我时着实吃了一惊：

"你干吗来了？"他疑惑地问我。

"开会嘛。"

"开会？你来开会?!"他真的晕掉了。

我有点儿愧疚，我也许应该在以前家长闲聊那会儿，找一个合适的茬口，说一下我也写一点儿文章。好在那时，我们已经不大见面，因为孩子们的二胡课已经告一段落，各自拜了不同的师傅。

相隔数年之后，在联欢会上再见面，我们直接握手问好。余力由从前的窄长脸变成宽长的国字脸——这点真为他庆幸。美术家书法家协会的人早到，在相连的几张长条桌上写书法作画，热火朝天的。我看了一小会儿，和余力聊了几句，碰到另一位女作家就结伴找了座位，坐下了。渐渐地，觉得有趣。之前并未想到是否能碰到余力，我早忘掉他了。碰到了也未必惊奇或者欢喜。人生大多如此。也许由于这一点，我又想起我楼上做根雕的邻居。于是，只要有人走动，我都禁不住抬头看过去，竟然猜测起是否能在这

个场合碰上他了。

实际上并未遇到。

午宴之后,回家的路上,迎面遭遇各色面目,还有身边无数过往,我不免又想:这些人都是做什么的呢?有多少像我们这样对文学艺术有感觉,而终究成不了大器的人呢?这件事,让我们快乐多些还是痛苦多些呢?

这是个不太说得清楚的问题,比较永恒的问题,像正在漫天飘飞的雪花那样永恒吧!

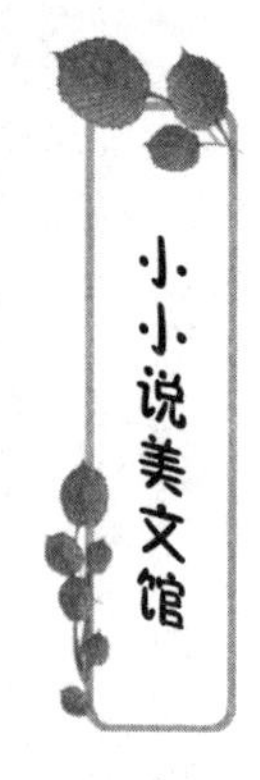

硬卧车厢的吃客

安石榴

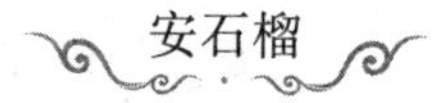

一个精瘦的男人，皮包骨又不显嶙峋的男人。他坐在下铺，这个时候还看不出他与吃有什么关系。火车开出二十分钟之后，每一张卧铺票都变成卧铺卡，行李的位置固定下来，上铺和中铺的旅客爬上去躲在他们的“小匣子”里，陌生旅客旅行中短暂的第一次交谈告一段落，车厢开始安静、有序。精瘦男人低沉而欢快地叫了一声，双手在大腿上搓了一下，说：“开始吧。”对面铺上的妻子把一只白色大号整理箱往身边拉了拉，两只手分别按下整理箱两侧的搭扣，半透明的盖子被拿开，箱子里满满的全是食物！

从东北一个边疆小城到达终点北京，这趟T字头的火车要用掉二十一个小时，穿过整个漫长黑夜。此刻是午后两点，小餐桌上摆满了食物，杀猪菜、蒜泥、高度白酒，三股味道势力极强，这在火车车厢中是不易出现的场景。尤其是经过保温饭盒密闭过的杀猪菜，播散不依不饶的霸道气息，以至于保鲜袋中的酱脊骨、拆骨肉和小塑料杯里的肉丁炒咸黄瓜、炸红辣椒油，都可以忽略不计了。杀猪菜的汤底一般是煮肉的浓汤，本身就有浓烈的腥膻和香料味道，加入酸菜、血肠、大片肉、粉条，味道之冲无法形容。喜欢吃这一口的东北人，在当吃客的时候，内心会产生一种只可意会无法言传的亲切感，或者说古老的以心相偎的乡愁。而一个纯粹的旁观者，是很难忍受它的。果然，上铺、中铺的人翻转了身，甚至探出上半身向下看，但并未露出厌恶的神情，他们笑着回绝了精瘦男人的邀约，再次翻转了身，安歇去了。

夫妻两人一直吃到了薄暮时分、傍晚时刻。上铺、中铺的人爬下来吃晚餐。精瘦男人把空了的小餐桌再次摆满，小小的桌子立马丰富生动起来，它们是葱段黄瓜段婆婆丁鸡蛋酱、绿豆芽炒肉丝、炒土豆丝。“嘭”的一声，他打开一瓶花河啤酒。上铺的两个人前后脚去了餐厅，中铺的两位坐在边座吃过盒饭，便看着那对夫妻火热的吃相和他们闲聊。列车两侧的车窗挂上夜的帘幕，第四瓶啤酒盖被启开。上铺旅客回车厢也加入了聊天，然后他们先后去了洗手间，或者有人在两车之间的吸烟区吸了一支烟之后，爬上自己的铺位睡下了。这时候，精瘦男人从另一个保温饭盒中拿出一沓春饼，妻子递给他一副一次性塑料手套，两人开始卷春饼，葱香、酱香再一次飘散。

中铺一位旅客是个天生有着羁旅情怀的人，旅途中总是无法好好入睡，身陷莫名其妙的忧伤和痛苦之中不能自拔。黑暗中，他悄然起身，嗅到下面小餐桌上的两个新菜品，锅包肉、尖椒炒干豆腐。酸甜的余味，被削掉锐气的辣味，悬浮着。他探出头，精瘦男人独自一人坐在一片漆黑之中，过道窗下的壁灯只勾画了他的轮廓，他的妻子睡下了。那只大号“百宝箱”挪到精瘦男人的床铺上了。

他从中铺下来，走去吸烟区，靠在车门玻璃上点燃一支烟。火车在穿越黑夜，淡淡的星光使地面的黑暗产生铁一般的沉重感。远方的小城镇在稀疏的灯影中沉睡。精瘦男人的影子在他眼前摇晃，随着火车的节奏。他笑了，想，这个精瘦的男人，这个旅居巴西的东北男人，这个注定漂泊一生的中国男人呀！火车在行进，刚才还在远方的小城镇此刻擦肩而过，铁道口停着一辆皮卡车，驾驶室灯亮着，司机低头玩手机，副驾驶上的女人，翻着一双大眼睛茫然地看着在她眼前隆隆驶过的火车。

他回车厢，精瘦男人在独饮，这一次是自酿山葡萄酒，犀利的酒精和醇厚的芳香比他的身影更清晰。他把脚放在阶梯上，没爬，似乎有一个问题，

似乎又不成一个问题。但,他还是问了:“你是在巴西利亚还是里约热内卢?”

瘦瘦的影子回道:“巴西利亚。”

然后一个长长的叹息,轻巧地刺透了黑夜。“六年了,六年了。”他说。精瘦男人抬起了手,可是并不能看到他的手势,他的声音带着一股与黑夜匹配的苍凉:“我这是第一次回来,第二次离开。”

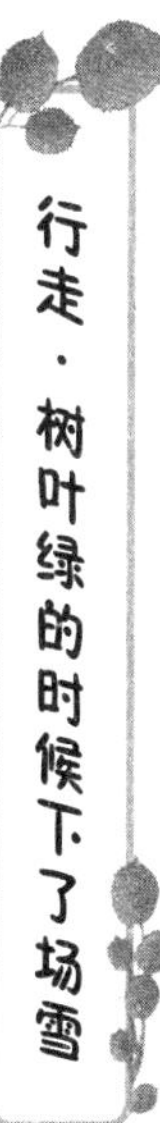

早餐印象

这天，东沙没像往常一样去固定的早餐店，而是另找了一家。他和朋友走进店里，先要了两瓶啤酒，然后点了花生米和清脆小萝卜，又要了两份生煎包。

东沙对朋友说："这样请你吃饭不介意吧。"

朋友笑着说："这是我吃过的最丰盛的早餐，居然还能喝啤酒，宾馆里也少见。"

东沙说："我当你是最好的朋友，才这么请你吃饭。"

朋友说："今天让我记忆深刻。"

东沙后来和同事们聊天时说了请朋友吃早餐的事，同事们怪镇长小气，竟然叫客人一起去吃早餐，也算请了回客。

东沙说："这样不好吗？我朋友说很好。"

同事们笑着说："人家只是客气，说不定背后生气着呢。"

东沙说："不会，我觉得他吃得很高兴。"

东沙把办公室主任找来。东沙说："以后只要是我出席的宴请，不管来的人是谁，级别有多高，一律改为早餐。"

主任愣了愣，扯了扯自己耳朵，以为听错了。

东沙重复着说:“镇里以后不安排中晚餐了,一律改为早餐,明白了吗?”

主任说:“这、这、这样可以吗?”

东沙不假思索地脱口道:“可以。”

不久,东沙就听到了风声。有人说平时一点儿也瞧不出镇长的腐败样,想不到晚宴没吃饱还惦记着早宴。有人则悲观地表示,如果真是这样,用不了多久,镇上就会人丁稀少,要资金没资金,要人才没人才,谁还会来镇里啊!

东沙固执地说:“他们不懂。”

有老同志私下跟东沙耳语:“是不是和书记闹矛盾了?是不是心情不好了?”

东沙淡定地说:“没有。”

也有人直面问:“是不是想节约接待费?”

东沙说:“是,也不是。”

那天,有上级领导来镇里检查工作。临近傍晚,也不见东沙有请客的意思。领导秘书悄悄向东沙打听吃饭地点,东沙说:“食堂。”

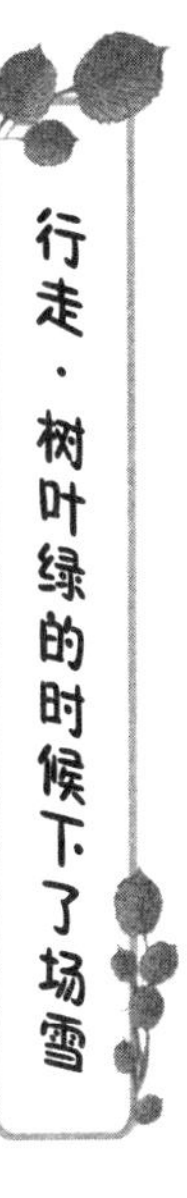

岛上的乡镇建制较特别，很多都是独岛独镇。

晚上，东沙跑到领导住的房间，说："领导，明天请您吃早餐。"

领导说："宾馆里不是有早餐吗？"

东沙说："宾馆是宾馆，我是我，您大老远漂洋过海地来镇里，我得表示一下诚意。"

领导听完哈哈大笑："行！"

早上，东沙陪着领导走进店里，店主像提前接到过通知一样，拎着两瓶啤酒过来。

领导很吃惊："早上喝酒？"

东沙说："谈不上奢华，陪领导喝几盅。"

领导走的时候，拍着东沙的肩膀说："有意思，你是第一个请我这么吃早餐的人。"

有一回，有个客商来镇里。一个下午，东沙风风火火地陪着客商看土地，跑单位，算投资账。招商引资现在是重中之重的工作，他丝毫不敢怠慢。天暗的时候，东沙说家里有些事就跑了，把客商独自扔在了单位的食堂。

东沙说："明天我请你吃早饭。"

客商显得不知所措，吞吞吐吐地憋出一个字："噢。"

早上，东沙很守时地像陪领导一样陪着客商走进早餐馆。啤酒和花生米上来的时候，只听他声音洪亮地喊道："干！"

客商惊奇地看着他，问："早餐这么隆重？"

东沙说："因为我当你是朋友。"

客商哈哈大笑，说："没见过这阵势，本人也算见过世面的人了，却从来没人这样子请我吃过早饭。"

东沙问："那怎么了？"

客商说："你让我印象深刻，冲着你这个人如此幽默，我也得来投资。"

东沙一听，高兴地起身再叫唤："小二，再开两瓶啤酒！"

又有一回，东沙去码头接客人，客人带着自己的漂亮妻子。那女子的眼睛出神地盯了东沙好久，等两位握完手准备上车时，女子突然惊叫起来："我知道你是谁了，嘿嘿！你就是上次请我们吃早餐的东沙镇长。"

东沙面露微笑地说："是我。"

客人也笑起来，说："我老婆自从上次吃了你安排的早餐后，一直对你留着印象。"

东沙也笑，说："那么，明早我继续请两位吃早餐。"

东沙经常去省里市里出差，有领导怎么也想不起东沙工作的乡镇名，却牢牢记着东沙的名字。

"你小子让我印象太深了。"领导站起身，边说边给东沙泡了一杯茶。

东沙惊得赶紧从椅子上站起来，说："我不喝。"

领导说："找个时间我还想去你那儿，那地方不错。"

东沙应声道："领导，我会陪你吃早餐。"

那天晚上，东沙回家后对老婆如晶说："不就吃个早餐吗？有人把我看成像在人民大会堂请了客似的。"

如晶没好气地说："早听说了，我们单位的同事都知道。唉！我老公活了一辈子没活出啥名堂，如今因为早餐名扬县内外。"

东沙笑着说："不就吃个饱的事吗？晚餐、早餐一样吃法，何必弄得太复杂。"

如晶沉思了一会儿，说："过去你整天浸泡在酒桌上，圈子也不见得广。如今上面狠刹吃喝风，认识你的人反而多了。"

东沙一听哈哈大笑，说："谁说我不请吃饭了？我请吃早餐。"

这天，又有人打电话给东沙，打来电话的是附近乡镇的几个镇长。大家说要结队来参观早餐店，当然喽，来的时候东沙必须作陪。

东沙紧张地说："别开玩笑了，我请晚餐吧。"

大家都说："不，不，我们就想吃你安排的早餐，现在谁还稀罕晚餐！"

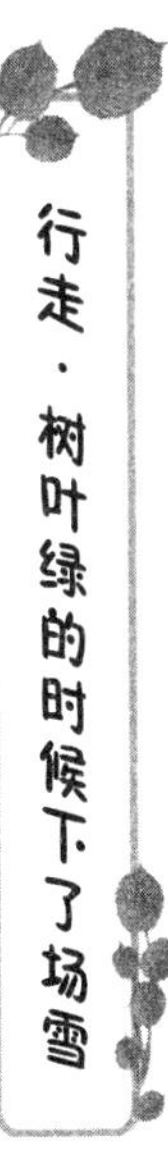

走走走走走啊走

周 波

东沙家里有一只体重秤,每天,他有事没事就会往上站一下。

老婆如晶时常打趣:“站与不站一个样,瞧你,哪个部位减负了?”

东沙摸了摸肚皮,感慨着说:“话不能这么说,昨晚我不是去打球了吗?瘦了半斤。”

如晶问:“那今晚呢?”

东沙说:“今晚有应酬,又重了八两。”

如晶笑着说:“真的是半斤八两。”

那天,东沙又去称体重,待双脚站稳时,意外发现自己暴瘦了一斤。他激动地拉着如晶的手说:“整整瘦了一斤呢!”

如晶在厨房里收拾,听完不冷不热地说:“希望能保持下去。”

东沙很兴奋,悄悄走到老婆身边,说:“想知道我怎么瘦下来的吗?”

如晶看了看他,然后伸出手去摸了摸男人的额头,说:“不想。”

翌日,东沙把办公室主任找来,说:“今天去远一点儿的村。”

主任说:“昨天刚去过一个村,是不是改天更好?”

东沙说:“改什么改,我把运动鞋也从家里带来了。”

主任只好说:“那我去准备车子。”

东沙说:“走着去。”

主任说:“这次路程比昨天远很多。”

东沙说:“远一些才好,乡镇干部不是机关干部,得学会走路,每次车来车往的影响不好。”

傍晚时分,走了一天的东沙回到了办公室。当他疲倦地将身子落在藤椅上时,明显感觉比昨天又瘦了。开心的东沙这时提着剪刀开始剪皮带,他曾经也这样剪过。那些细细短短的碎皮条像战利品,东沙揉成一团用纸包好。

他希望如晶看到时会问:“今天又剪了?”

他一定会骄傲地扬起头,底气十足地回答:“又剪了。”

去村里多了,有一回他问主任:“镇里有什么情况?”

主任说:“自从您走着走村入户以步代车后,镇里的干部都不敢乘车了,大家都走。”

东沙哈哈一笑:“走走好,日子久了,不光身体能好起来,而且会把工作作风也走好。”

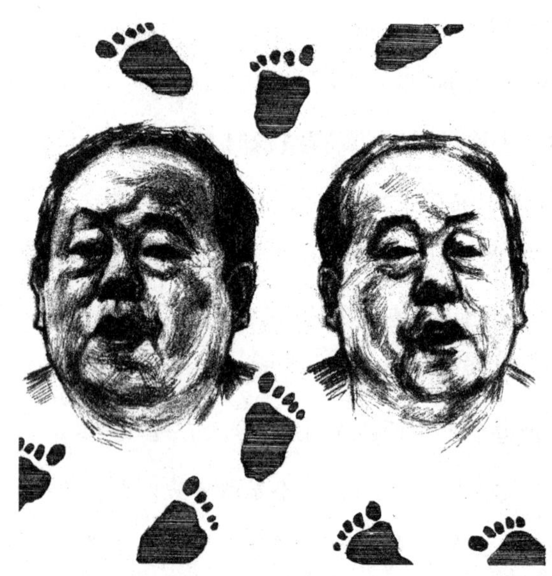

主任接着说:“也有人反映,说以后镇里这么多车子都闲下来,该咋办?”

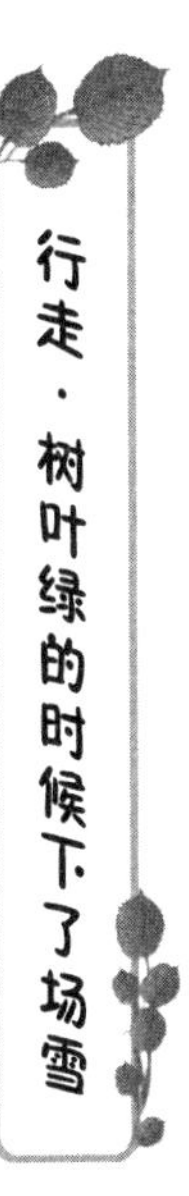

东沙愣了愣说："这是你管的事。"

如晶难得表扬了一回自己男人，她笑称东沙的身材最近确实有向正常回归的趋势，看来是走路上瘾的缘故。东沙开心地称现在不仅是走路勤，连老百姓的家务活儿他都抢着做，昨天自己就把张阿婆家的一亩稻田收割了呢。

如晶心疼地看着丈夫，说："怪不得手上长茧了呢，原来劳力活也不少，只是不知道你们镇里的干部是怎么看你的。"

东沙笑着说："副镇长一级的现在全部学我步行下村，其他同志就更不用说了，个个奋勇争先，最关键的是同志们都说身体好起来了，个别同志的体重比我降得还快。"

这天是双休日，东沙独自去了村里。乡间的空气清新，到处弥漫着稻花的香味。

在一个僻静处，见四周无人，他忍不住唱了起来："走走走走走啊走，走到九月九……"

然而，歌声还是引来了好奇的村民，大伙儿围上来："镇长好！"

东沙难为情地抱拳一笑："你们好！我走走。"

跨过田埂，东沙心里思忖，自己刚才怎么就唱起来了呢？往后得注意些形象。

那天，有媒体记者突然来找东沙。他当时刚从一个村回来，正在办公室脱那双沾满泥土的运动鞋。记者表明来意，想采访镇里以步代车转变工作作风的情况，其间，还话中有话地套问一年汽车油料费节约的问题。东沙心里咯噔几下，谁向外透露的信息啊？不就走走路吗，竟然也能走出新闻来。东沙最终婉拒了采访，因为那会儿他脑子里突然出现了家里体重秤的画面，他高高地站在上面。

东沙是镇长，镇长的开会频率肯定多。有一次，会议已发了资料，若是平时，他一般会照稿读完，那天他居然脱稿讲了两个半钟头。从会场里出

来，脑门上沁出了一排排汗水。

主任跟出来说："镇长，您今天讲话效果真好，所有人听得都觉得有味道。"

东沙说："是啊，我也觉得很痛快，像走着去了趟村里。"

主任接着又说："不过当您的办公室主任真难。"

东沙惊讶地问："为啥？"

主任笑了笑说："我们写材料怕跟不上您的思路。"

东沙哈哈一笑说："你写你的，我讲我的。"

东沙还是每天有事没事地往体重秤上站，现在，他已经很少去体育馆了。照他的话讲，人的精力体力有限，毕竟还需要劳逸结合，白天有忙不完的工作，晚上还得关注电视新闻，看看书阅阅报。因为天天走步，月月走步，东沙的业余时间已经够丰富了，总算是找到了最佳减肥方法。

如晶更是充当了好老婆的角色，在家里专门为东沙设计了一张体重增减变化统计表。在这张表上，夫妻俩发现了一些规律性的东西。比如，只要东沙去了村里，他的体重一定明显地下降。而上个月，他走村的时候不小心扭了脚，在床上足足躺了两周，他的体重就开始强烈地反弹。

东沙为此懊悔得要死，心想这么多天的努力算是白费了。倒是如晶时不时地劝他："没关系，等脚伤好了，再走去村里。"

那天，躺在床上还养着伤的东沙找来一支笔，像小时候被老师罚写错别字一样，在白纸上写了一千四百五十九个"减"字。

如晶看见了，不解地问："怎么了？"

东沙伤感着说："四年，一千四百六十天。"

如晶又问："那怎么了？"

东沙不吭声，默默地望了望窗外，在最后的第一千四百六十个字上，写了一个大大的"肥"字。

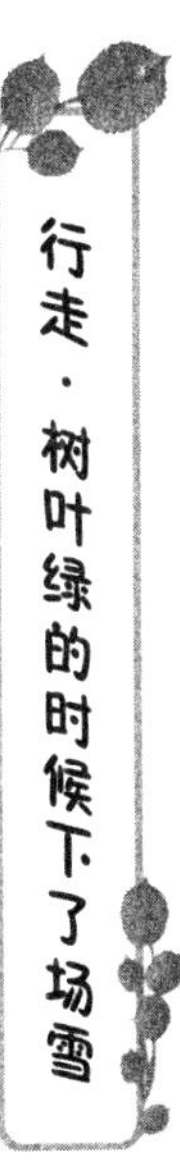

老妖精

袁省梅

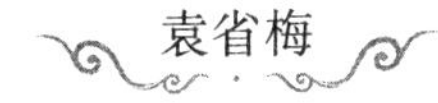

邻居们都说五章是老妖精了。

人们认为五章节俭了一辈子，不吭不哈了一辈子，一个人拉扯个女儿白白灰灰朴素了一辈子，老了老了，来了个老来俏，整天打扮得跟老妖精一样，一天是红袄白裤红皮鞋，一天又是绿袄灰裤白皮鞋，跟动画片里的人一样，红红绿绿，光彩夺目。况且，她还戴了副太阳镜，在胳膊弯里挂了个小包，手腕上挎了台录音机。手掌大小的录音机呜里哇啦的，一会儿是蒲剧，一会儿是豫剧，一会儿又是黄梅戏，热闹喜庆，繁华盛世般。

五章听邻居这样说她，就笑得脸上的墨镜都一抖一抖要掉了，说："年轻时没钱穿，现在我就要把红穿了、绿穿了，我就是要当个老妖精。"

说完，扔下一巷叽叽喳喳的闲话，提着她的小包和录音机，高跟鞋敲着白亮的阳光，咔咔咔，走了。

街上的戏园子平日里没有演出时，是小市场，有卖蔬菜水果的、卖肉卖鱼的，还有一家卖衣服的，扯了一根绳子，挂满了花花绿绿的衣服，日头下空落落地飘。五章坐在槐树下，听着蒲剧《铡美案》，"千里迢迢乞讨京都上，一双儿女受尽了奔波与风霜……"她的眼睛就眯了起来，目光飘游，就在一处卖猪肉的摊上绊住了。

肉摊上，鲜红的猪肉盖在绿纱下，整齐呆板，蠢呆呆的。卖肉的男人黑红的脸上满是油汗，他斜睨了树下的五章一眼，紫红的脸变成了紫黑，手上赶蝇子的布条子嗖嗖地摆得风快。肉摊边是个卖熟肉摊子，摊子后的女人是男人老婆，也有一张黑红的糙脸，眼睛倒大，嗓门儿也大，说话跟机关枪一样，哒哒哒，快速洪亮，让五章再大点儿声，说好听。男人眼睛倏地瞥一下树下的五章，呵斥女人少说话。

五章看见了男人那一瞥，微微一笑，把音调得亮闪闪的，"实指望夫妻骨肉同欢唱，谁知他把前情忘……"

一出《铡美案》听完，太阳就跳到了戏台子的檐角上了，五章要回去了。回去时，五章总要到熟肉摊上买一块肉，猪头肉或是猪肝、猪耳朵什么的。

卖熟肉的女人欢喜地笑着，秤头高高地给她称了，问她切不切，调不调。问完，就说："看你多享福，穿得干净吃得好，哪里凉快往哪里坐。"

话里满是羡慕。五章呵呵笑，不说话，看那女人噌噌地切好肉，呼噜搂到盆里，点了麻油酱油，撒了盐，滴了醋，噼噼啪啪地又是搅拌又是晃盆子。

末了儿，五章才说："多放点儿香菜，我就好吃香菜。"

女人说"好咧"，手上就捏了一撮儿香菜，扔到盆里。

五章付了钱，提着要走时，卖熟肉的女人劝她买点儿生肉，说下午了，还剩一块好肉，便宜卖。男人哼着叫女人少说话，说卖不了扔了。

五章瞥一眼生肉摊，耸耸鼻子，呵呵笑着说："爱扔不扔吧，我可懒得弄。"说完，目不斜视地走了。气得卖熟肉的女人跳脚骂男人。

有一天，五章到了戏园子，坐在树下，开了录音机，还是《铡美案》，咿咿呀呀声中，没看见卖肉的摊子，旁边卖熟肉的摊子也空着。空的水泥台子上全是白花花的亮光，闪得五章的眼睛生疼。五章竟有些急，玫红的衫子黑湿了一大团。一问才知道，卖肉的男人回去的路上，出了车祸，女人当场死了。五章竟有些愣怔，拧身往回走，脚步缓缓的，白高跟鞋迟迟疑疑的，心事沉沉的样子。录音机也齐刷刷地闸了声。知了吱吱的声音铺天盖地。小市场的人都觉得一天一地的静和空，才发现是没了五章录音机的声音。

"这个老妖精，咋不放戏听了呢？"

"你不知道，卖肉的男的是她前夫。听说当年俩人合不来，就离了。五章带着女儿过，女儿有出息，能挣大钱，她的日子好过了，天天来市场。我看就是成心给那卖肉的看哩。"

整整一个夏天，人们都没有在市场看到五章。直到夏尽了，秋风起来了，人们才看见了五章。可她匆匆忙忙的，赶路般，买了东西就没了影子。人们望着那个灰突突的五章，都说："那是五章那个老妖精吗？"

人们都不相信那个红袄白裤童话般鲜艳艳的五章怎么会如此模样：看不清是灰的还是白的衫子，一条黑裤子皱巴巴的，几天没洗似的，而且，脸上的墨镜没了，手腕上的小包和录音机也不见了。

让人们更想不到的是白露过后的一天，卖肉的男人又开着三轮车突突

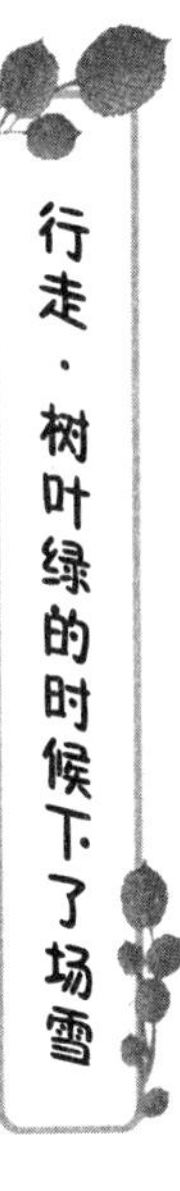

突地来到了市场,啪,卸下一扇猪肉,啪,又卸下一扇。一个小个子女人抱着一筐熟肉,吭哧吭哧地摆到了案板上。女人从筐子上抬起脸时,人们看见,那是五章。

五章皮球般在肉摊后走来走去,一会儿给男人递个毛巾,一会儿又递个水瓶子。

人们都纳闷:“他俩怎么在一起了呢?”

他俩咋不能在一起呢?五章的录音机又唱了起来,《苏三起解》《三娘教子》……市场热闹了。

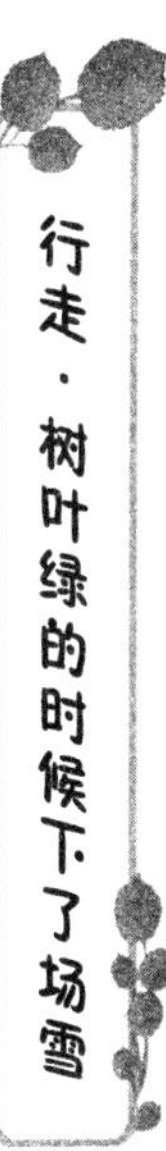

欠着

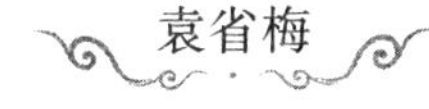
袁省梅

最近,老二见老大很恼火。怎么说呢?这恼火有根,却没生长的空间,窝在心口上,爬地龙草般密密匝匝地可着心口长,活生生地给憋在了心口,上不来,下不去。老二难受死了。

以前,老二见老大可不是这样。

以前是这样的。老大呢,人老实,也没什么手艺,种了地,就到村子附近的工地打工去了。打的也是小工,搬砖、筛沙、和水泥、扛钢筋,受苦出力,钱却挣不下几个,日子就过得紧。老二呢,给一家洗煤厂跑运输,跑一次长途,就有好几百元收入。一个月下来,能挣五六千,有时,还能拿七八千。老二手里宽松,就常念着老大的日子紧。

“毕竟是亲兄弟,能眼看着不管?鞋帮子烂了还连累袜子哩。”老二这么给媳妇说。媳妇虽不高兴,可架不住钱从老二手上过。逢年过节,老二买东西,自己家一份,给老大家也买一份;走亲戚了,要出份子钱,老二也帮老大给出了。

没事时,老大喜欢玩个小麻将,就在三钱的小店前,经常输,可他还爱玩。输了,碰上老二在场,老二就掏出三十五十块给老大,说是昨儿个赢下这几个贼的,今儿个给了,明儿个叫他们连本带利地还。话说得咬牙切齿

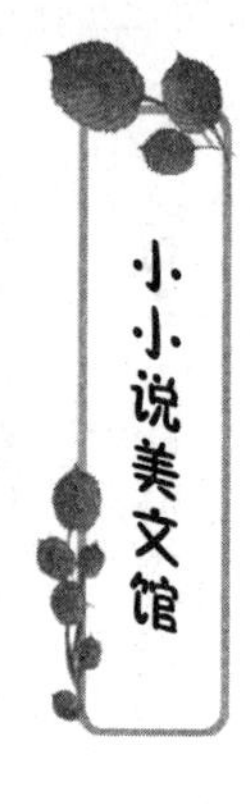

的，却好听，谁听了都舒服。老大呢，接了钱，脸面上也不觉得难看，好像是理所当然的事，于是皆大欢喜了。

好是好，时间久了，巷里人就说些闲话。倒也没说什么，都是说老二的好，仗义，大方，人前人后知道护着他哥，是亲兄弟的样子。没人说老大。还用说吗？谁都能听出来个好赖。老大怎么想的，老二不知道，也没想过。老二想给他钱，他还有什么不乐意的？老二心里也高兴，怎么说呢，是有一种成就感，好像还有点儿高高在上的感觉。

谁能想到呢，有一天，老二听说老大买彩票中了大奖。

巷里人说："你家老大不吭不哈的，蔫不唧唧的，交了狗屎运，一下中了一百万。"

"一百万，码放在桌子上，能把这桌子放满吧？"老二媳妇问老二。

老二媳妇说："老大日子这下好过了。"

老二媳妇说："老大中奖了，也不给你这个兄弟说一声，怕咱要他的钱？真是小气。"

老二媳妇说："亏你还总给他搭手搭手，总认他是你兄弟，现在呢，人家有钱了，认你不？"

老二听着媳妇的唠叨，心里为老大欢喜，但也像气球上挨了一针般，虽说是很小的一根针，可是，半空中的气球扑哧就瘪了，摔到了地上。

老二白了媳妇一眼，叫她少说话："不说话没人当你是哑巴，老大中奖了是老大的事，关你屁事，难不成你就想老大倒霉，不想老大好过？"

嘴上这么说着，心里却有点儿恼了。让老二更恼火的是，他想老大会来跟他说说中奖的事，可他等得山高水长，云聚云散，老大也没来。老二的恼火里就莫名地添了一味，是气恨。

老二媳妇要老二问老大要钱去。二十年前，老大盖房子时，老二给了老大一根檩条。

老二媳妇说："还有这些年你给的，一笔一笔算。"

老二说："急啥？等着。"

老二心说他不仁，我还要有义，不能让巷里人看笑话。老二是个好面子的人。

老二媳妇说："你就等吧等吧，我看你能等个钱毛毛。"

老大呢，好像什么事也没发生过，还是跟以前一样，闲了到小店前玩个小麻将，手气也还是稀松平常，老输，还要玩。输光了，回头找人借，没人借给他。

老二在一旁看见了，也装作没看见，头一拧，咣咣地走了。老二想，凭啥给他？人家有一百万哩。

其实，老二是想给老大掏钱的。他看不惯老大的小气劲，也见不得旁人笑话老大。老二认为愿赌服输，天经地义。更多的呢，老二也想听人说自己的好话。

"好话值几个钱？"老二媳妇挤眉吊眼地骂他。

老二不理媳妇，他想老大咋那么小气呢。一百万，咋花呢？藏在家里让生虫还是让下蛋呢？想到这里，老二又埋怨老大不该哄他，中了没中，连他都不能说？老二思来想去，心口上生了一道罅隙，风声呼呼，蒿草丛丛。老

二烦心了。

有一天,老二碰见老大,忍不住问起了一百万的事。老二说:“你哄旁人也哄我?”

老大哈地笑了:“一百万,还千万万哩,就一百块叫人传成了一百万,你就信?”

老二说:“真的?”

老大说:“要是我有一百万,分我兄弟你五十万,咋样?”

老二就笑了。老二觉得日子又回到从前了。老二拉老大去饭店喝酒,说:“为了你这个百万富翁,也得喝一杯。”

老大说:“我可没酒钱。”

老二眉开眼笑地说:“啥时候让你掏过钱!”

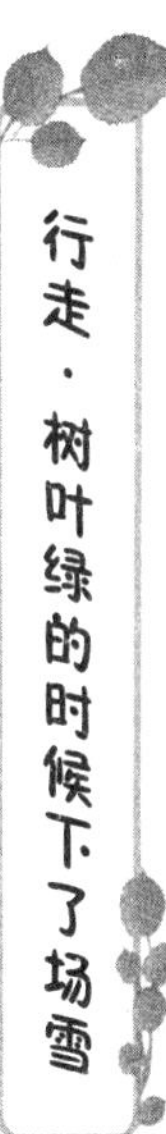

你这人怎么这样

刘国芳

男人上了火车，才放好行李，车开了。

这是动车，车上人不是很多，但位子基本坐满了。男人坐下来后到处看了看。这一看，男人看出问题了，男人发现每个人手里都拿着手机在玩，也有一两个人在看手提电脑，几乎所有的人都埋着头。男人以前坐过火车，当然，有好多年了，那时候车上很热闹，大家说着话，甚至互相争论，而且争得面红耳赤。但现在不是这样，没人说话，没人交谈，几乎人人都在玩手机，头都不抬。终于，男人对面一个年轻人抬头了，年轻人好像看了男人一眼。男人当然也看着年轻人，还笑着问年轻人说："去哪儿呀？"

这是男人以前坐车跟人搭讪时常说的一句话，通常这样问过，对方也会笑笑，回答去哪儿哪儿，然后交谈起来。但这回，年轻人脸无表情，也没回答男人，而是迅速低下头，又玩他的手机了。

男人觉得好无趣。

一个女孩儿，这时也抬了一下头，好像也看了一眼男人。男人又跟女孩儿笑了笑，也问："去哪儿呀？"

女孩儿无动于衷，根本没理睬男人。

男人又觉得好无趣。

一个年纪大些的老者，也从手机里把头抬起来。老者看了男人一眼，男人接住了老者的目光，仍问："去哪儿呢?"

这位老者说话了，但呛了男人一句："这不是废话吗? 这车直达厦门，还能去哪儿?"

说过，老者低下头，不理睬男人了。

男人有些尴尬。

被人冷落了几次，男人不想再跟人说话了，但男人也没去玩手机，男人坐在那儿，到处看。不久，走来一个人，一个满脸横肉，看着像土匪一样的人。土匪没位子坐，站在男人跟前，一双眼睛东张西望。男人就对土匪警觉起来，男人明白，大凡眼睛东张西望的人，多半都不是好人。果然，土匪看见所有的人都埋着头，就动手了，伸手去行李架上拿包。男人凭感觉知道这包不是他的，男人于是问："你做什么?"

土匪瞪了男人一眼，伸出去的手放下了，但离开时，土匪狠狠地打了男人一拳。

打在嘴角上，男人嘴角立即流血了。

这回惊动了车上的人，几个人把头从手机上抬起来，看着男人。男人见他们看自己，就说："刚才有个人想偷东西，被我制止了，他就打人。"

男人说过，以为有人会同情他，但没有，有两个人没做出任何反应，又低下头，玩手机了。一个人倒做出了反应，但这人说："怎么可能呢，这动车上会有小偷?"

男人说："真的，那人就是想偷东西。"

另一个接话："胡说八道。"

说过，那两个人又低下头，玩手机了。

没人理睬男人，男人也不好去跟他们说话。男人从身上拿出餐巾纸揩嘴角的血。这时，土匪又来了。土匪站那儿不动，看看没人注意他，一伸手，从对面行李架上拿下一个包。

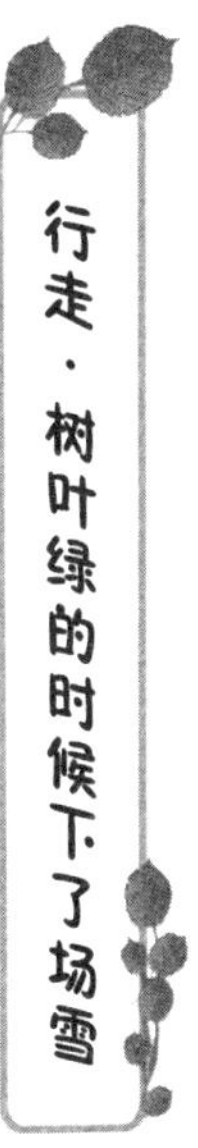

男人要制止也来得及，但一犹豫，土匪走了。

土匪走了不久，一个玩手机的人抬起头并且习惯性抬头看了看行李架。这一看，便发现他的包不见了，这人于是喊："我的包呢？我的包不见了！"

男人接话："被一个人拿走了。"

那人说："你看见了？"

男人点点头。

那人忽然生起气来，大声说："你这人怎么这样，看见有人偷东西，也不叫一声？"

男人没理睬他，男人一脸不屑的样子，也从身上拿出了手机。

丁龙之梦

范子平

一百一十年前那个春天的一个下午，一辆豪华马车从哥伦比亚大学门口驶过，车上的卡本蒂尔先生去朋友家喝酒回来，管家丁龙就坐在车前。毕业于哥伦比亚大学法学院的卡本蒂尔先生瞟了一眼校门，回眸时却发现丁龙的目光也正痴痴地瞄向学校大门内那座标志性拱顶大楼。

到家后，丁龙搀扶有些醉意的卡本蒂尔进屋。卡本蒂尔进门就像往常那样要红酒喝。丁龙说："先生，今天您已喝了不少酒，我给您倒杯清水吧。"

当他端水过来，卡本蒂尔已倒出一大杯红酒一饮而尽，他推开丁龙递过的凉水，拿起刚来的电报阅读，没读完胡子就翘起来，在客厅转了两圈，又去酒柜里抓出一瓶红酒——那是平时舍不得喝的极品，价值几百美元。要知道当时美元的价值，美国一个中产家庭全年收入才几百美元！

丁龙忙上前劝，卡本蒂尔指着电报大骂："什么规则？狗娘养的！"他的坏脾气从来就如同霹雳闪电，骂声震得天花板发抖。他手一挥将那瓶珍贵

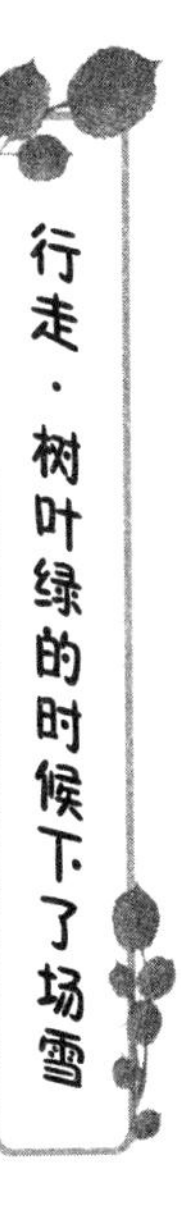

的红酒摔向地板，液体连同玻璃渣四溅，地板和白墙顿时红迹斑斑。

一个仆人闻声跑来刚弯腰收拾，被卡本蒂尔挥手截住："都出去！"

他嫌不解恨，掏出一沓钱摔在茶几上："通知所有仆人，全体！我解雇你们！把这个月工资带走！立即离开！"

他瞪大眼睛走出屋子，疯狂地举起双臂呼喊："统统解雇！"

他趔趔趄趄地走向旁边的花园，经过葡萄藤下的连椅时，身子一歪就躺下睡着了。

醒来时日落西山，他掀开身上的毛巾被坐起来，顿时想起睡前的话语——赶走自己得力的全部仆人，包括陪伴自己几十年的丁龙……这荒谬的决定咋能说出口？他狠拍自己的额头，一时许多往事奔涌而来。

他突发急性肠炎那次，是丁龙立即请医生过来，医生说再晚一会儿就危险了，丁龙陪护他三昼夜没合眼；派丁龙去加州出售房产那次，丁龙未办而返，当时他还恼火，不想听丁龙的解释，但仅几个月后，那里房地产果然价位大涨……

往事历历如在眼前，丁龙忠实能干且有眼光，虽寡言少语，却是他性格的补充和事业的支撑。仆人走了可再招工，但丁龙这样的人哪里寻觅？

他急步走在大街上，扑面而来的是熙熙攘攘的人群，哪有丁龙的踪影？可遇而不可求啊！他向东走一段路，回过头向西走一段路，直到夜幕降临才无望地回家，身心疲惫地进了院子，却发现客厅里亮着柔和的灯光，仆人威廉守在门外。

他惊异地问："你没走？"威廉说："是丁龙劝我们不要离开的。"

卡本蒂尔大步进屋，餐桌上摆着晚餐，是他喜欢的沙拉与烤牛排，丁龙仍在！他上前忘情地拥抱丁龙："我还以为再也见不到你了。"

丁龙平静地说："我了解您，那不是您深思熟虑的决定；再说，在酒醉气急的情况下，还记着给我们工钱，可看出您的品行，有这样品行的主人，是不会做出那种不合情理的决定的。"

卡本蒂尔道："说得对，说得好！"

晚饭后卡本蒂尔郑重其事地找丁龙谈话。卡本蒂尔说："失之才知珍贵，为了您的价值，为了我的心愿，我请您提出一项最大的要求，只要我能做到。"

丁龙说："孔子言，受人之托，忠人之事，我做的都是我应该做的。"

卡本蒂尔坚持说："丁，你一定要给我一个机会。"

丁龙沉默一会儿，说："我虽没什么文化，却有一个梦想，在哥伦比亚大学建一个汉学系，研究中国的文化，使美国人、中国人互相理解，使来美华人得到应有的尊重。我来美打拼攒了点儿钱，这二十年又得到您的关照，日积月累下来，已有一万两千美元，想捐出来作为筹建的开端，希望您成全。"

卡本蒂尔愣住了，泪水在眼眶里打转。当时的一万两千美元，即使对中产阶级家庭来说也属巨款！丁龙却要将这终生的积蓄捐给汉学！

卡本蒂尔开始风尘仆仆地奔走。为让丁龙美梦成真，他一次捐出二十万美元，后又不断追加，一直罄尽自己家产。他通过清政府驻美大使馆联系，使清政府也捐来五千册中国善本图书。当哥伦比亚大学表示不想以仆人的名字命名时，他强调，他的唯一条件就是以"丁龙"命名。

他致信校长："丁龙的身份没任何问题，他不是一个神话，而是真人真事……在我有幸所遇出身寒微却生性高贵的天生的绅士性格的人中，如果真有那种天性善良，从不伤害别人的人的话，他就是一个。"

于是，美国第一个汉学系——哥伦比亚大学汉学系建起来了，培养了无数人才——胡适、闻一多、宋子文……一直到今天，谁能被聘为哥大东亚系中文部的"丁龙讲座教授"，那一定是公认的汉学大师。

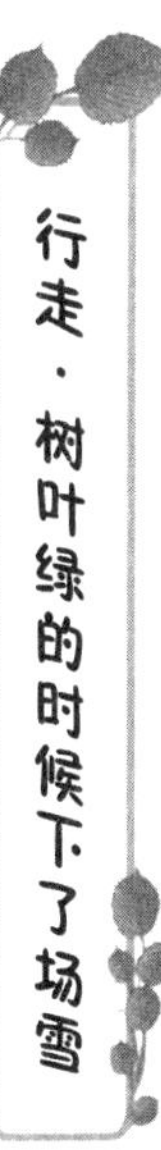

老 兵

范子平

县城的“摩的”一般在县城或郊区跑,很少跑远。但刚下火车的这位老人要去二十多公里外的老鸦岗——那里是荒山野岭,不通公交车的。他硬刷刷的头发几乎全白,稀疏的长眉毛下一双三角眼目光混浊,穿一身干干净净的旧褂子,步履有些蹒跚。

我说:“您老这么大岁数了,咋不叫儿孙跟着?”

老人咧嘴苦笑道:“儿孙?我家四代单传,到我这辈儿就断了,没娶过媳妇,哪来儿孙?”

我说:“那个荒岗啥也没有。”

老人说:“我就到那里。”

我有些奇怪,老人偶尔一瞥时眼光还很犀利,不像是说傻话。但生意上门只要给钱,管他干啥就跑呗。我就说:“大爷,现在派出所治安管理规定,出县城要登记身份证。”

他抖抖索索从随身带的黑皮包里掏出个牛皮纸折的钱包,翻出身份证交给我。我一看名字叫丁根柱,住址是昌南县何寨乡丁屯村——恰巧我表叔家就是这个村的。

我到治安亭登记过,将身份证还他,说:“路不好走,可能会颠些,您老

坐好。”

老人垂下眼皮没接话。

出县城走一段儿，就下大道上了曲折山路，不停地上下坡不说，路面还坑坑洼洼的，时不时摩托车就跳起来。风渐渐大了，路边的小树折弯了腰，乌云不知何时扑到头顶，翻滚着涌向东北角，隐隐的雷声传来，乌云里一道道闪电。

我说：“大爷，咱先回吧？没准儿会淋雨，山里遇雨危险。”

老人看看天说：“能走还是走吧，我买过了回程的票，恐怕一等就耽误车了。”

其实回也来不及了，夏天的雨说到就到，大雨珠子猛砸下来，天地间哗哗一片响，密密的雨帘顿时淹没万物，路上立即现出无数条溪流。漫山遍野间，没地方遮雨，只好任凭风雨肆虐。

雨小水浅时继续前行，雨住时才赶到老鸦岗。这是一片荒丘，四处疯长着丛树野草，老人眼睛看我。

我说：“这里就是，前边好像叫岗头。”

老人说：“就是这里了。”

他抹拉一下脸，脱下布衫拧水。我目光一扫就被牢牢吸引过去：他从臂膀到腰窝，伤痕累累，没有一块好的肌肤，左肩与腰间都有蜈蚣一般狰狞的手术印记，右肩有凹进去的伤痕，胸肋间到处是弹片伤，像一处处蝴蝶。

看我呆呆注视的样子，老人慢声细语说：“狗日的小鬼子给我留下的记号。”

老人眯起眼仰望苍穹好一会儿，才把湿透的布衫重新穿好，认真扣好每个扣子，拽拽衣裳角，慢慢走到废墟的中心，面向北方肃穆地站立，向着荒野大声呼唤道：“团长、营长、连长、满仓、铁蛋、郝勇、水根……我来晚了，对不起你们，早就说来祭奠，一直到今天，我很快就跟你们会面了。”

他从黑皮包里掏出一瓶酒和一个酒杯，将酒倒进杯子，双手高擎起来洒

在地上，连洒九杯，然后深深地三鞠躬。老人又朝着东南西北各个方向洒酒鞠躬，他泪水如注哽咽着喊：“大头、家乐、小米、二套、小山、团副、参谋长……牺牲的战友，咱血战的地方多，兄弟我难以一一跑到，这里给你们敬酒了！”

声音苍凉，在旷野里回荡，我的心被震撼了。

送老人回到火车站，老人给我五十块钱车费，我摆摆手不要，老人硬给我塞进兜里，说：“让你也淋了雨，感谢感谢。”

我忍住泪水说：“你一直就在丁屯村老家？”

老人说：“是哩，能活到现在，知足了。再说，政府好啊，眼下老农民也领上了退休金，我一个月就有六十块呢！”

趁老人不注意，我将身上仅有的一张百元大票，偷偷塞进老人的黑包里。然而，这能表达对抗战老兵的敬意吗？

第二天，我专门到图书馆查县志，果然有记载：“1943 年 4 月 11 日，为配合二十九师守许昌，我二十师攻敌松井大队不克，敌木村联队急速赶来意图聚歼二十师。二十师三一六团奉令于老鸦岗阻击日军，掩护师主力转移。敌在迫击炮掩护下冲入我阵地二十余次，皆被三一六团以刺刀、手榴弹反击逐出。三一六团死伤惨重，13 日晚奉令分路突围。三营八连副连长丁根柱率该营残部仅五十余人从老鸦岗西突出重围正转移间，闻南坡枪声激烈，判断团部及一营陷敌埋伏，旋即率部返身杀入敌重围救援战友，血战至夜半，伤亡殆尽。战后群众掩埋我军尸体，死人堆中仅刨出二人尚有气息，皆重伤昏迷……”

过去了好些天，我心事沉沉，一直想着此事，但能做些什么呢？给表叔打电话过去，他说他们村确实有个叫丁根柱的抗战老兵，孑然一身过日子，“文革”里还挨过几场批斗，昨天刚去世，棺木是县民政局解决的。于是我一连几天做梦，都在枪林弹雨中厮杀……

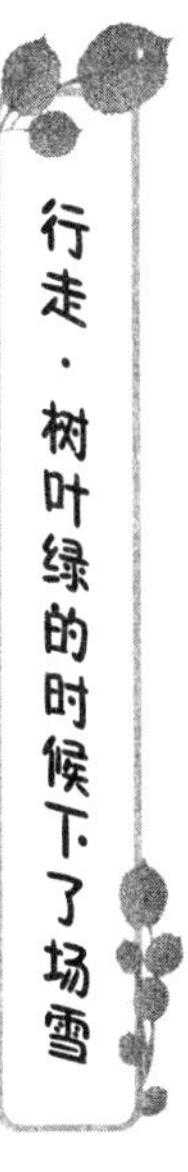

大地之子

梅　寒

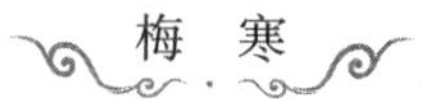

冰箱孤零零地站在客厅里，“嘤嘤”地响着。那曾是芦苇家里唯一的一台电器，还是他和妻子结婚时，岳父岳母送的。他们的理由很简单，也很坚决：地处荒郊野外的，家里就算再不置办什么电器，一台冰箱却总是需要的——离菜市那么远。

芦苇只好勉强答应。那台机器却成了他心头的一块巨石。每次从野外回来，满心欢喜的芦苇，目光一旦落到那台冰箱上，脸上的喜悦“唰”一下就落下来。他仿佛看到那种叫作氟利昂的气体正飞速地冲出他家屋子，飞速地向大气层扩散，最终准确无误地将地球的保护衣击穿……

其实，他们根本不需要它。有几次，他都尝试着想跟妻子沟通，却被妻子以沉默给挡了回来。

真的不需要。他食素，妻陪着他。家里常年不见一点荤腥。就那几棵青菜，他家小院种的有，去菜地里拔出来，洗洗泥，丢进锅里，炒出来还汪着碧绿的汁儿。其实，芦苇的妻子也知道，他们家的冰箱，就是一件摆设。可她拒不开口让芦苇把它处理掉。那是她坚守的最后一道防线。为了爱情，她已经舍弃了太多。一台冰箱，是她与外面这个文明世界的唯一联系。

芦苇是诗人。诗人应该是与浪漫的风花雪月联系在一起的。第一次在朋

友家里看到芦苇时，芦苇的妻子就被他身上那股浓浓的艺术气质吸引住了。那是20世纪80年代末，正是诗歌的春天。女孩子都以结识、嫁给诗人为荣。

芦苇很明确地向她阐述过自己的理想、信念、主义。他热爱诗歌，热爱大自然，热爱人类，也热爱大地上一切美好的、弱小的生灵。他向她讲述这一切时，双眸炯炯，像含着两颗小小的太阳，又像两泓清澈的泉，碧波荡漾。在一个成年人的眼睛里，她从没有读到过那样的纯真与澄澈。

她就义无反顾地嫁给了他，也嫁给了他的主义——不住城里，住郊外；不吃鱼肉，只吃瓜蔬。幕天席地，与花草虫鸟为伴。那样的日子，在一个20岁女子的心头，是世间最动人的诗。

后来，芦苇的妻子发现自己被诗歌骗了。诗歌不能当饭吃，更不能当日子过。

结婚第二天一大早，妻子自睡梦中醒来，身边已经空了，芦苇已经拿着照相机走了。她在家后不远的野地里找到芦苇时，芦苇正撅着屁股趴在地上，一动不动地看着什么。那姿势，让她想起童年时跟小伙伴们一起趴在地上看蚂蚁搬家的场景。她正要走过去，却被芦苇以手势制止了。那天，他一直看到日上三竿，才带着露水泥巴回家。他遇到了一只蚂蚁，那只蚂蚁拖着一只比它的体重重不知多少倍的虫子尸体回家，他最初试图逗它玩儿，把食指挡在它经过的路上，蚂蚁立马拖着那个巨大的尸体绕道而行。他又想帮它，直接把那个虫子的尸体给它捏到它的窝边上去了。蚂蚁却在那一刻做出一个惊人的决定：它把虫子从窝边拖走了，丢弃了它。

早餐桌旁，芦苇兴致勃勃地给妻子讲述着那个神奇又美好的早晨，丝毫没有注意到妻子脸色的变化。一只蚂蚁，竟然可以让他浪费一个早晨的美好光阴。那个时间，多少以写作为生的人都在案前奋笔疾书。

芦苇有一颗诗人的细腻敏感的心，一双诗人的善于发现美的眼睛，可他却不是个好诗人，至少不能算一个丰产的诗人。他对文字的节制，到了让人

震惊的程度。他不想在纸上留下一个多余的无用的字,更不轻易把自己的诗交给纸质出版方。朋友们左一本右一本地出版诗集、散文集的时候,他眼里没有羡慕,只有痛惜。

诗人珍惜自己的诗行就像鸟儿珍惜自己的羽毛。在朋友家的客厅里,他大睁着那双高度近视的眼睛,红着脖子跟朋友争论,旁边妻子的脸就红了。她拼命地扯他衣角,让他住嘴,他的声音反而更高了:书籍是人类文明进步的阶梯,可现在的很多书籍纯粹是对资源的浪费,对环境的污染。

对于他的怪论,了解他的朋友一笑了之,不太熟悉他的朋友只能将此视为他嫉贤妒能。他为此付出的代价是失去了一个又一个朋友。当然,也有懂他的人,他说什么,他们都像海绵吸水一样悄悄地吸收了去。他们依然是他不离不弃的好朋友。其实,芦苇对朋友也真诚,真诚起来可以肝脑涂地。遇到朋友送来的一本好书,他不眠不休也要一口气读完,然后认认真真写上读后评回赠。书中每一个错字别字他都要用红色的笔圈出来。

这是日子里的芦苇。日子里的芦苇,更无诗里芦苇的可爱。

冰箱,最终还是被芦苇处理掉了。他无法忍受那样一种罪恶感。他说自己无力改变这个世界,但至少可以改变自己。

那台最终被芦苇处理掉的冰箱,也成了压倒他们婚姻的最后一根稻草。

妻子走了,回到她的文明世界里。

不久之后,芦苇也走了。被大地召唤走了。有天他到山里去,遇到一只摔下断崖的小鹿。他攀着乱石下去施救,乱石松动,他一路坠到崖底……

从十几岁开始接触诗歌,到他四十岁离世,芦苇统共给这个世界留下了十几万字的诗。最后还是好心的朋友们集资帮他结集出版。

大地之子,是诗友们不约而同想到的一个名字。

那本薄薄的诗集,一上市,竟然火得不成样子。人们才知道,被文明的、物质的车轮轰轰碾过的世界里,竟然还有一个叫芦苇的诗人来过,他用他的脚印,在众生芸芸的大地上,印下一行又一行的最朴素最鲜活的诗。

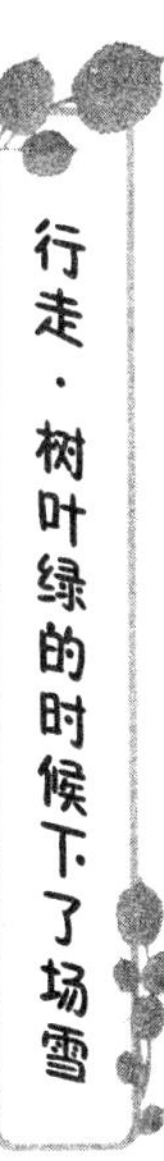

玩儿家

梅　寒

城东老王，自小爱玩，玩得花样迭出，且是越老越会玩，人便送他一个“老顽童”的美称。

老顽童出身美术世家，舅舅母亲都挺了不得。舅舅曾是民国初年某画院的头头，母亲的花鸟虫鱼画曾名动京城。老顽童自小跟着他们，耳濡目染，加之天性聪颖，十几岁年纪就已琴棋书画样样精通。

爱好太多，人就容易浮漂。老顽童先是跟着舅舅学画、研究画。临摹，创作，画论，皆有涉猎，眼看他在画画领域里已渐成气象，他的兴趣却拐了弯儿，又迷上了古典音乐。新书店，旧书摊儿，旧物交易市场，他都舍命地逛，看到与古典音乐沾边儿的书与物，不惜代价带回家来。窝在屋里苦读苦研，几年过去，等众人因他的介绍发现古典音乐的魅力时，他站起来，转身走了。

他发现蛐蛐儿更好玩。斗蛐蛐儿自古有之，比如玩虫误国的贾似道之流，老顽童对此嗤之以鼻；也有坊间那些以娱为赌的庸人将蛐蛐儿当成一种赚钱工具，其实也是贾之流毒，老顽童对他们简直恨之入骨。老顽童玩蛐蛐儿，听其鸣，观其战，要的是一份怡情。他手里的蛐蛐儿，不赠送，不交易，遇到双雄交战的机会，他一准会带着自己的蛐蛐儿躲起来。怕的是双雄相斗，必有一伤。他的蛐蛐儿，都能在他手里安详终老。一片绿叶儿包了，一捧黄

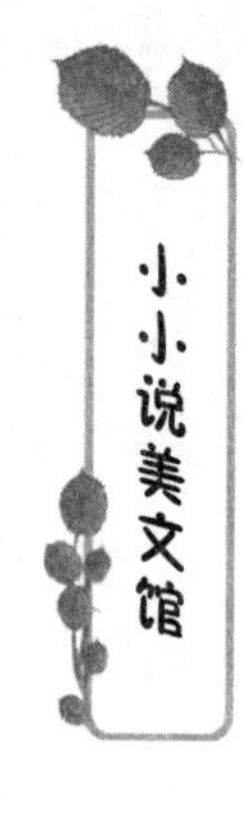

土埋下。老顽童手里的蛐蛐儿，是有福的。

除了玩蛐蛐儿，老顽童还玩过很多东西，如养鸽子，他能讲出一部鸽子经来；赶庙会看到人家玩抖空竹，他回来又兴致勃勃地研究半天。人好玩，又好客，家中承袭了祖上留下的十几间大房子，家里常常是文人雅客云集，有在他的画案前挥毫泼墨的，有在他的乐器室里吹拉弹唱自娱自乐的，也有坐在客厅里谈笑风生反客为主的。那会儿，老顽童常常在厨房里，光着膀子，腰间系条花围裙，在灶台前忙活得满头汗。朋友们来，谈诗论文是一回事，来打牙祭过馋瘾也是很重要的一个原因。老顽童是圈儿里有名的美食家。

老顽童一路玩着乐着就进了中年的门槛，他还是玩儿。不过，总算有东西把他的心拴住了。那是二手家具市场的一堆旧家具。老顽童某天偶然路过，像哥伦布发现新大陆，双眼立马亮了。一只雕花的木椅子，他在旧书里曾看到过同样的一把，大约是明朝的，黄花梨木，椅背上刻的是二龙戏珠，惟妙惟肖的图案，磨得乌光锃亮的扶手。椅子面已经少了一半，旁边有个笨木匠，正在准备把它做成一把账房先生的算盘。那些家具，是被当作“四旧”处理掉的。

那些老祖宗留下来的东西，多么好啊，竟然沦落到与柴草废品为伍的境地。他开始一趟一趟往旧家具市场跑。大热的天，骑一辆老旧的自行车，驮着淘来的那些家具骑好几十里路，去照相馆给他的那些宝贝拍照片。

家里十几间大房子，慢慢就被那些破烂家具堆满了，到最后，走路也得拐着现找插脚的地方。

老顽童终于定性了，用朋友打趣他的话说，这块滚动的石头也终于肯停下来生苔了。

他淘旧家具，又给那些旧家具拍图片，配文字，那是文化。找来一位国外的朋友，一字一句口授，让那位朋友将他的文字译成外文介绍到海外去。

那些旧家具成了他人生中的一大乐子，当然也给他带来不少苦头。可

他每日里乐此不疲，一忙，就是四十年。

四十年，世界都翻了好几个个儿了。很多老顽童意想不到的事情也发生了。他淘回来的那些旧家具，竟成了价值连城的好东西。海内海外都在炒。他的那些介绍旧家具的书和图片起了很关键的作用。有很多家具厂商，就是照着他的照片上的实物开始仿制的。几千块钱的木料买回来，雕刻，打磨，上光，一套家具就能卖到十几万、几十万。有人瞅准其中商机，也瞅准老顽童的身家地位，出高价来聘请他去给家具厂做份广告或者写个招牌。老顽童毫不客气地将来人赶走了："我写不好！也不写！"

那些人，有恒心亦有耐心，三番五次，水涨船高，给老顽童开出的价位越来越高。最终，高得让老顽童坐不住了，他摸起电话打给了一家博物馆："来把我这些旧家具拉走吧，实在不行，连房子也给你们。我走。给我一个地方住就成。"

老顽童把半生的心血一下子捐出去了。据说，他收藏的那些旧家具，以市场价能买下那半条街的房子；从文物收藏价来看更是无法估量。

他也老了。玩儿不动了。偶尔站在小院的檐下，跟笼子里的鸟儿们说说话："你说，我玩儿了半辈子家具，是不是千古罪人呢？"

外面的仿古市场，已经火热得连他也辨不清真假了。

笼子里的鸟儿，跳上跳下，伸出尖尖的小嘴巴啄他的手。叽叽喳喳，也回答不出个所以然来。

"嗯，玩儿，玩儿够了，玩儿透了，就该走了。"

老顽童九十三岁，无疾而终。朋友们想送他一个称号，想想他这辈子涉猎的领域实在太多，书画家、音乐家、收藏家、美食家……都成，又都不成，那些称号都太单一，最后有位朋友说，他一辈子爱玩儿，玩儿什么爱什么，干脆叫他玩儿家。

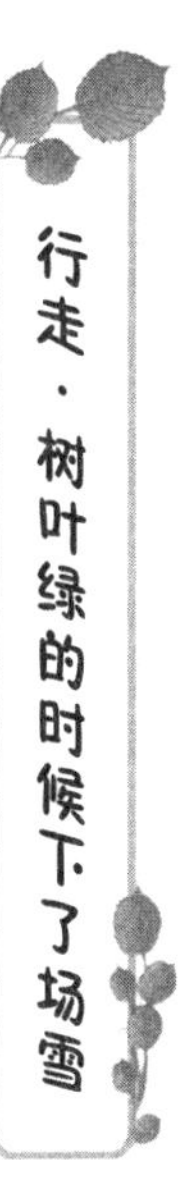

拍　卖

梅　寒

查理拿到那张刊有他的拍卖广告的报纸时，人正在离家几百公里外一个湖边上钓鱼。

深秋的湖岸很美，天高云淡，湖水深蓝，周边山上的枫叶红得似火，倒映在深蓝的湖面上，像一幅浓墨重彩的油画。深秋也正是湖里的鱼儿最肥美的季节。每年那个时候，他都会带上行头，只身一人驱车几百公里来湖边住上一阵子。

报纸是一位朋友特意从家乡小城给查理送来的。朋友见到查理的第一面就说："查理，赶紧收拾东西跟我回家。"

查理愣住了，直到接过朋友风风火火递上来的报纸才恍然大悟。报纸上广告栏里赫然刊着一条广告："廉价出售丈夫，欲购从速。"

这可是从来没有过的新鲜事。查理咧嘴乐了，一路看下去。

本人现有丈夫一个，现年四十三岁，身高一米七八，体重一百八十磅，爱好：旅游，钓鱼。拍卖原因：一年十二个月有半年待在外面，对家庭缺乏必要的责任感，给家人带来一定的心理伤害（尤其对他的妻子）……

查理乐得嘴角的两撇小胡子一翘一翘："哈，你看她，她还挺诚实。"查理指着广告对送报纸来的朋友说。

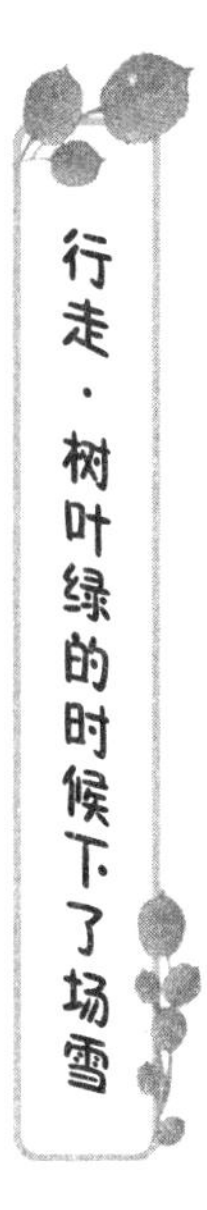

的确,露丝最大的优点就是诚实,也是查理最欣赏她的地方。结婚二十年,她从来不曾欺骗过他,当然,也不欺骗她自己。她不爱运动,不爱冒险,只喜欢待在小城,过踏踏实实按部就班的生活。查理却跟她完全不一样。每年四月,查理体内的不安分就像小草一样蠢蠢欲动地萌芽了。他也曾试图劝说露丝,让她跟他一起,到森林里打猎、湖边上钓鱼,在星空下的湖边草地上烤野味吃,那是世界上最妙不可言的事情。他说得天花乱坠,露丝最后用一句话就给他做了总结:那是野蛮人的生活。

她不屑跟他一起走。她又忍不住有满腹的埋怨:“你一年到头在外边,把我一个人扔家里算什么?”

查理已经习惯了那样的抱怨。他却没想到露丝有一天会在报纸上登出广告将他廉价出售……

更让查理乐不可支的是,在那则广告的最后,露丝还列出一系列优惠条件,自然是对那些先来垂询者的奖励:“鉴于本产品的唯一性和特殊性,先行上门购买者有赠品相送——丈夫全套的打猎与钓鱼装备,丈夫曾经送给她的牛仔裤一条、长筒靴一双和棉T恤两件,丈夫晒制的野味五十磅,布拉杜尔种的狼狗一只。”

条件是够优厚的。条件越优厚越证明被出售者的廉价滞销。查理起身,收拾行头,跟朋友风风火火赶回家。他说他得回去帮露丝一把。

家里的露丝,自从将那则广告登出去,简直就忙死了。家里的电话都要被打爆了,全是来咨询丈夫出售事宜的。不到两天的时间,竟然已经有近百位女人对这则广告感兴趣了。那些女人身份、年龄五花八门。有年轻的大家闺秀,也有像露丝一样的半老徐娘。

在电话里,她们丝毫不掩饰自己对男人查理的好感:“四十三岁,男人的黄金年龄,爱打猎,爱钓鱼,可见他是一个多么懂得生活的男人。还有赠品,细节中见真性情,一个懂得给妻子送衣服送靴子的男人,怎么可以说他对这个家庭没有责任感呢?”

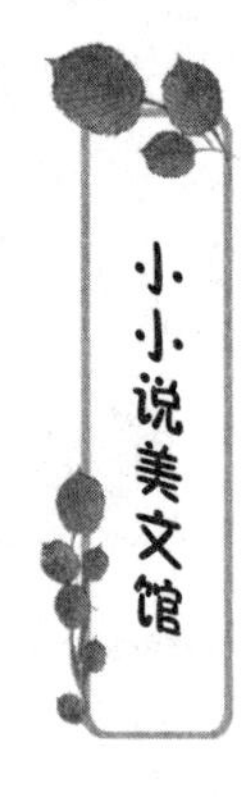

还有另外一些女人，想象力更加丰富，她们已经把目光的触角探触到自己与男人查理相守之后的日子了："如果我们能成交的话，我和查理一起去打猎，我们不开车，去买一匹马，想想吧，一个男人、一个女人，骑在同一匹马背上在西部草原上奔跑……"

露丝最初还能坚持，很礼貌很得体地在电话里跟那些女人应酬着。她很诚实地向那些女人提醒，过日子应该实在些，查理不太适合过日子。渐渐地，她有点招架不住了，因为那些电话里那些女人，对查理的评价几乎是清一色的——查理是这个世界上少有的好男人，一个会生活的好男人。露丝脸上带着笑，心里慢慢就泛起酸来。她甚至觉得，查理已经被那些女人掠了去了，那会儿可能正跟其中某一位在草原上策马扬鞭，在哪片草地上吃烧烤缠绵呢！

露丝恨不得立马就见到查理。

所以，当查理风尘仆仆地站在露丝面前时，她简直要乐疯了，扑上来抱住查理的脖子就是一阵猛啃，完全一副失而复得的样子。在那节骨眼儿上，家里的电话又拼命响起来了。

查理说："我去接？让我来亲自跟那些有意者联系一下！"

露丝早已扑到电话机前："嗨，您好，这里是露易丝·亨勒尔，廉价出售丈夫事宜，因种种原因已经取消。"

讲完，露丝就把电话线拔了。

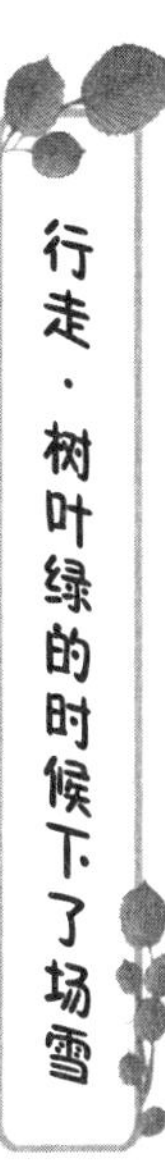

冰　河

万　芊

年底,生产队里聚餐。阿璋喝醉了,操着砍刀追杀阿经,追得阿经无路可逃只能跳河。队长“石灰爆”实在看不下去了,发脾气让众人把阿璋拖住。其实,阿璋要砍阿经是有原因的。阿璋外出开河时,阿经偷偷地缠上阿菱。阿菱原本是阿璋小时候爹娘说好的娃娃亲,只是阿璋爹娘死得早,阿菱爹娘有意悔婚。

阿璋听人说阿经背着他缠上了阿菱,丢下手里的活儿,气急败坏地赶回村里要跟阿经论理。没想到阿菱娘站出来撒泼,说:“人家阿经家请的媒婆都上门送彩礼了。你阿璋自己穷得裤子还得等着干,让我们家阿菱跟你喝西北风呀?!”

有阿菱娘拦着,阿璋自然发不得飚,忍声吞气地看着自己心仪的女人哭哭啼啼出嫁,三天两头吵架。

进了隆冬,“石灰爆”让阿璋和阿经去一百八十里水路外的外县买良种谷子。阿璋、阿经是这次远航的最佳人选,因为他俩水性好,这水道只有他们还熟一些。可阿经心惧,他不想跟阿璋同去。

“石灰爆”不依,说:“我这是集体大事,个人小事得服从集体大事。”

阿经私下里跟“石灰爆”说狠话,说:“阿璋恨死我了,这回我非被他杀死

在半路上。”

“石灰爆”说：“他要杀你，我可管不了，国有国法，家用家规，我们生产队也有队规。你这次要是不去，你欠队里的透支款，别想减免了。”

于是，两个老死不相往来的仇人上了一条船。

一路上，摇摇船，扯扯篷，去时还算顺畅，只是两人没有说一句话。可到外县一看，买良种的人多，发货的人又特装样拿大，他俩拿着县一级的介绍信还得排队候着。等了几天，好不容易才买到良种。

待船往回摇时，天却变了。寒风凛冽、大雪纷飞。一夜之间，河便结了一层冰，那冰踩又踩不得，行船又挺艰难。阿璋和阿经只能轮番摇船与敲冰，想赶在河道冰封之前赶回村，否则他俩非冻死不可。

眼看着离村还有十几里水路，两人想再使一把劲，赶回村里。谁知，船在冰封的河里搁了底，进了好多水，为了堵水，两人弄得全身湿淋淋的，在刀割一般的寒风中一站，身上的衣服成了冰衣，人冻得直打战。

事实上，要待天亮后被人发现，他们必定冻死无疑。

冰河中，他俩陷入绝境。火柴早已受了潮。船舱进了水，他们的被子也湿了。事实上，只要两人事先多一些商量，结局不会如此被动。当他们离开外县县城的时候，完全可以买包火柴。当船舱进水的时候，他们完全可以先把对方的被子从水里抢出来。

绝境让他们不得不开口商量如何逃生。事实上，在这寒风凛冽的冰河之上，逃也是死，不逃也是死，阿璋和阿经，谁都不愿死。他们都有自己的牵挂，只是不肯说出来而已。

阿璋从被子里掏出一瓶高度土烧酒，跟阿经说：“我们现在只有这半瓶烧酒，也许能够救我们一命，我们来抓阄，喝到酒的，爬上岸求救，喝不到酒的在船里等人来救。”

阿经说：“酒是你的，你做主，我没有办法。”

阿璋做了个阄，让阿经先抓。

其实，抓到与抓不到，结局没啥两样。两人没有其他选择。冰湿的衣服，已经顶不住严寒，两人已在极度的寒风中磕着牙瑟瑟发抖。

阿经抓到留船上。阿经释然，他想一样是死，还不如这样懒懒地死去。

阿璋喝了一口酒，脱下冰冻的外衣，穿着紧身衣裤下了冰河。阿璋一手抓着酒瓶，另一手划动，在冰窟窿里艰难移动。冰水够冷的，阿璋只能不时地呷着烈酒。

阿经知道阿璋是在拼死一搏，只要能爬上远处的冰面，前面里把地便是亮着昏黄灯光的村庄。但阿经不敢这样冒险，只颤抖着眼见阿璋在冰河里挣扎，脑间一片空白。他知道，自己的气数已尽，即使阿璋侥幸爬上冰面，爬到村子里，也不会折回来救他。让他在冰河里冻死，是阿璋求之不得的事。

不知过了多少时辰，阿经只看到一些自己从未看到过的景象，像露天电影一样在眼前一晃一晃的。阿经脑子里只想着，自己千不该万不该抢走阿璋的女人，弄得阿璋恨死自己，而阿菱又冷冷地给自己冷背。

后来，阿经是如何活过来的，他已经记不得了。听人说，是阿璋搬来救兵救了阿经。阿经得救的时候，已经奄奄一息。

阿璋救了阿经之后，仍冷冰冰地不理阿经，这让阿经很伤心，也挺后悔。他厚着脸皮央求“石灰爆”出面，为他和阿璋调停。

阿经借钱割了猪肉，买了瓶土烧酒，还备了一包烟，求“石灰爆”把阿璋请上。喝酒时，阿经好谢阿璋的救命之恩。

阿璋自顾自地喝酒，“石灰爆”敬酒，他没有不喝的理由。阿经十二万分诚意地给阿璋敬酒，口称：“大哥，小弟谢你救命大恩。”

阿璋只当没看见。

呆站了半晌，阿经咚地跪在阿璋面前，口里喃喃：“大哥，我向你赔不是，你打我一通吧。”

阿璋还是不理，冷如冰霜。

阿经突然一激灵，狠狠地说：“大哥，我把媳妇还给你吧，我们从此恩怨

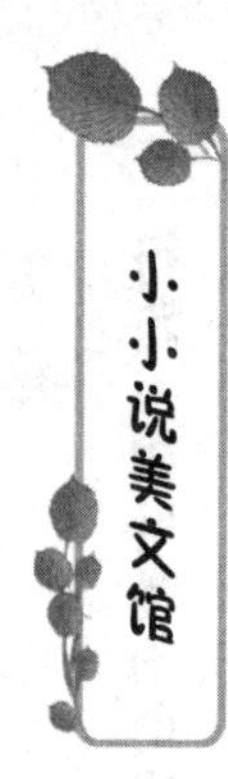

两清了吧?!”

阿璋先是一愣,继而一怒,突然性起,酒杯一摔,挥起一拳。

阿经顿时跌扑在地,“石灰爆”急急拉起一看,满脸是血。

后来,卫生院医生说,阿经的鼻梁骨被打烂了。

之后,没有鼻梁骨支撑着的阿经,说话嗡嗡的,人前一直蔫蔫的。

失乐园

万 芊

苏周航班停航，我下了岗。没有事可做，我便把先前在周庄镇南栅买得的沿街老屋加以改造，再租了几间旧房子，开了一家小客栈。当时，正好在放电影《失乐园》，我就很随便地给客栈起名为“失乐园”。但客栈开张以来，人气不旺，我常一人呆呆地守着空房。

有人说：“冲你这名字，谁来？”

但我只想一切随缘。

一日，客栈来了位客人，五六十岁，光头，憔悴。他请人送过来一堆行李。客人话不多，似乎很疲惫，先在院子里藤圈椅子上坐了一会儿，继而问：“住的人多不？”

我有点儿迟疑，最终还是照实说：“不多。”

客人说：“给我个朝南的房间。”

客人住下后，睡了整整一个下午。傍晚时，客人出去吃了点儿东西，回来跟我说：“你能不帮我找个人，年岁不要太大，男的，工资可商量。”

我不解。客人说：“我想在你这里住上一阵子，养养身子。”

我这才说：“把闲着的阿木找来。阿木人有点儿木，话也不多，然而人高马大有力气。”

客人点头让阿木留下。

客人姓龚，我们叫他龚哥。他让阿木把藤圈椅子搬到内院的小河边。那里，脚下到处是凌乱的碎砖瓦、青苔和杂草。他喜欢一个人静静地独坐，蜷缩在椅子里，晒着冬日温暖的阳光，一蜷就是大半天。饿了，阿木帮他弄吃的；渴了，阿木帮他泡茶。

住了没几天，龚哥让阿木陪着出了趟门，随身的行李带了一些，但不多。几天后，龚哥被人扶了回来。回来后，龚哥悄无声息地躺了几日。

我悄悄问阿木："龚哥怎么啦？"

阿木说："龚哥去上海做了化疗，身子很弱。"

那晚，客栈里有人在院子猜拳喝酒，动静很大。

阿木过来找我，说："龚哥的意思，帮喝酒的客人另找个客栈，钱由龚哥加倍补偿。"

说着，阿木给了我两万块钱，说："龚哥让我这段日子闭门谢客，等他身子慢慢恢复。"

我这才知道，龚哥不是个常人。好言支走了院子里喝酒的客人，我在门口挂了个"内部装修，暂停营业"的牌子。

没有其他客人的日子里，我和阿木就一心伺候着龚哥的饮食起居，我还时不时地约上镇上、鹿城和沪上的医生来看他，这让他很感激。化疗后，龚哥恢复蛮快，一个月后，又能坐在小河边晒太阳了。经过一个多月的接触，龚哥开始把我和阿木当自己人了，也讲讲他不为人知的事，也让我们办些让人费解的事。

过一段时间，龚哥会开张单子，拿着银行卡，告诉我密码，让我去邮局给单子上的人汇钱，五百八百、一千两千。单子上的人，有岭下村的，也有全国各地的，有姓龚的，也有其他不同姓的。名单和数额有相同的，也有不同的。反正从这名单看，你是猜不到龚哥为啥给这些人汇钱的，而一汇就是好几万。我想，就是当年家财万贯的沈万三这么给人家寄钱，也会倾家荡产的。

后来，帮他办事多了，龚哥也信任我了，高兴时，也会跟我说说他的事。

一回，他说他是他们村有名的“小诸葛”，书读得最好，是全村唯一的大学生。他们那小山村，很美，喝的都是山上的泉水。有一回，他说，他一生有过三个女人四个孩子。第一个女人，是他大学里的同学，他在城里赚了钱，要回乡去创业，她不愿意，他们平和地分了手，大女儿随了第一个前妻，现在已经结了婚、有了自己的小宝宝。第二个女人，是跟他回乡的女人，帮他做会计。他们没有结婚，生了对双胞胎，都是女孩。后来，她拿了他们的钱，带着孩子，失联了。第三个女人，是他在歌厅里认识的，她偏要跟他结婚，结婚没几个月就生了个男孩，也不知是不是他的。他生病了，她也带着孩子拿了她该得的钱走了。

半年后，龚哥再次发病，我送他去了沪上的大医院后，没再回来。有人过来处理龚哥的后事，给我一个信封，里面装几张银行卡、一沓名单、一张附言。“万兄：密码只有你知道，泣盼一一代寄。我以前学化工，一时利欲熏心，回乡搞地下小化工厂，发了大财，好多人家跟我学。岭下村暴富了，也成了臭名远扬的癌症村。这些单子，是我这辈子良心上欠的。”

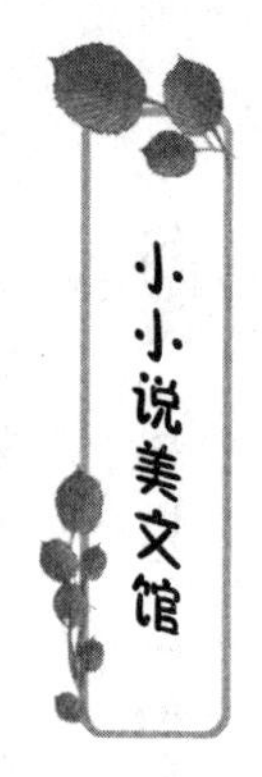

领养一条狗

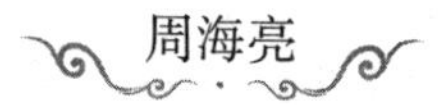
周海亮

第一天，他听朋友说，有一批被捕获的流浪狗即将被集体处死。处死那批狗的地方叫“犬类检流所”，他头一次听说城市里还有这样的地方。不过，假如有人肯去领养一条狗，那条狗就会得到赦免。朋友最后这句话，让他动了心思。

回家跟女儿和妻子商量，女儿挺高兴，妻子却不大乐意。

妻子说：“狗会把家里弄得一团糟。”

他说：“不会的。听朋友说，狗有了这种可怕的经历，会非常听话。”

妻子说：“可是你有时间养一条狗吗？喂食啊，洗澡啊，遛狗啊都需要时间，你又那么忙。”

他说：“女儿我都养大了，何况一条狗？”

妻子说：“那些流浪狗多是残疾或者带传染病的吧？”

他说：“你放心，我肯定会挑一条健康的好狗。”

妻子虽然没有继续反对，却能看出她心里仍然不太高兴。不过对他来说，这就够了。他想，当他把一条可怜并且可爱的狗带回来，洗干净，养肥，妻子就理解他了。

第二天，他去了那个叫“犬类检流所”的地方。一群被关在铁笼里的狗

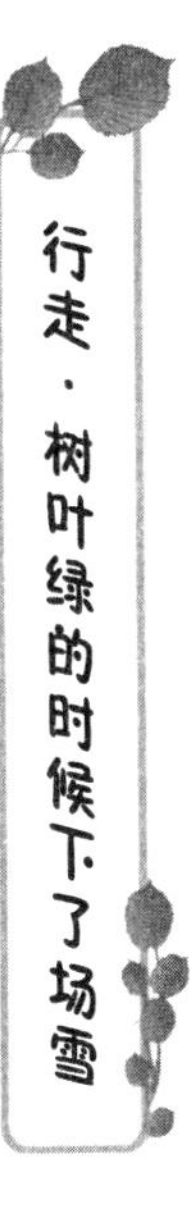

见到他，全都冲他叫起来。那叫声不是狂吠，更像低吟或者乞求。负责人问他想挑哪一条，他说哪一条都行。

负责人问："你带证件了吗？"

他问："身份证？"

负责人说："除了身份证，还需要你在居委会开张证明。"

他问："什么意思？"

负责人说："证明你有固定住所啊！如果活得连条狗都不如，你还怎么领养？"

他想想，也对。领养一条狗，起码得让狗活得舒服。

第三天，他去居委会，那里却没有人。打玻璃门上留的电话，居委会的负责人说，今天是周六，他们没有留人值班。不过他如果有急事，她会马上赶过来。他说是有急事，想开个固定住所的证明，好领养一条狗。负责人说这就不是急事了，起码没有她现在正做的事情重要。他问她现在正做什么事。负责人说给她的头发做营养。他想了想，给头发做营养，就相当于给狗洗澡了，这事是挺重要。反正离七天领狗期限还早，等明天再说。

第四天，他再去居委会，那里还是没有人。他给负责人打电话，让她马上过来，负责人说她还在做头发。他说昨天不是做过吗？负责人说昨天没做好，今天换了一家。

他说："这我不管，你一定得赶过来给我开证明。"

负责人想了想，极不情愿地说："那两小时以后见。"

他回了趟家，躺沙发上歇一会儿，竟睡过去了，梦见自己变成一条狗。醒来再去居委会，那里还是没有人。打电话问，负责人说："刚才我去了，可是你不在。等了你一会儿，你不来，我就走了。"

他说："那你应该打我电话啊！"

负责人说："周一再说吧，反正是七天期限，知不知道你挺烦的？"

第五天是星期一，他终于办下那纸证明。本想下午就去"犬类检流所"，

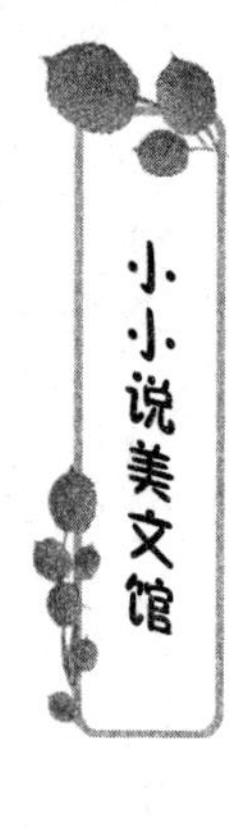

可是，妻子却变卦了。

她说："有个朋友近来身体不舒服，去医院检查，大夫怀疑是家里养的狗将她感染了。"

他说："这毫无根据，那大夫肯定是个庸医。"

妻子说："如果不养狗，这一点就肯定可以排除。"

他说："我把证明都开了。"

妻子说："反正我不同意养狗。如果你敢把狗带回来，第二天我就把它重新扔到街上去。"

因了妻子的态度，他在家闷了一个下午，待晚饭时，再一次和妻子商量，说："养条狗没什么的，对培养女儿的爱心也有好处。"

妻子说："下午院方有消息了，说朋友的病与狗无关。"

他小心翼翼地说："那就是同意了？"

妻子说："只准在储物间里养。"

他笑笑，说："遵命！"

第六天，本打算一早就去领狗，可是公司突然接下一笔订单，需要他去签合同。他跟经理请假，经理问他："一条狗重要还是两百万重要？"

中午，经理在公司里摆了个小型的庆功宴，他喝多了，睡了一觉，醒来已是下午四点。给检流所打电话，对方说他们马上就要下班了，明天再来吧！对方有些想挂断电话的意思。

他说："可是明天是最后一天。"

对方说："所以你还有明天。"

他说："明天肯定行？"

对方说："放心吧！六十多条狗，还不够你挑的？"

电话就挂了。

怕明天还有事，他提前给经理打了个电话，说明天无论如何也得放他一个下午的假，他得去领养狗。

公司经理说:“行,只要上午把你的事情做好,就算你下午去领养一个爹,我也不管你。”

第七天下午,去检流所途中,他的车子与别人的车子有了小剐蹭。他想赔对方二百块钱了事,对方却偏要喊警察过来。

他说:“我得去领养狗。”

对方说:“你是想逃吧?”

他说:“要是去晚了,那条狗就没命了。”

对方说:“你是想吃狗肉火锅吧?”

一句话将他激怒,一拳挥出去,那人的脸就开了花。后来警察赶到,他说尽好话又赔了钱,警察和那人才肯放他离开。如此一折腾,来到检流所,已是下午三点半了。他庆幸是三点半,如果是四点,那条狗就没命了。

可是所有的铁笼都空着,他一条狗都没有看到。

“狗呢?”他问。

“处死了啊!”负责人摊开两手。

“不是四点以后才处死吗?”

“早半小时有什么区别吗?我们着急下班……”

“可是我要来领养狗啊!”

“可是我们怎么知道你要来?你要来为什么不提前来?”

“可是不是四点以后才处死吗?”

“可是早半小时有什么区别吗?”

他想哭。后来他真的蹲下来,面对空空的铁笼,抱着头,哭得像个孩子。

负责人看不懂了,说:“你又不知道你要领养的是哪条狗……你一条狗都不认识,你在为哪条狗哭啊?”

他也不知道他到底在为哪条狗哭。可是他越哭越伤心。他想让自己停下来,但就是停不下来。

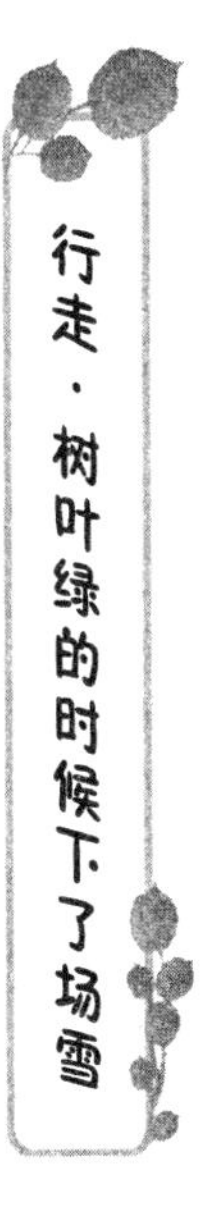

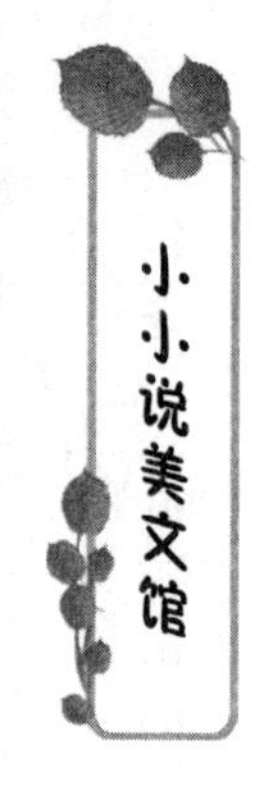

梅镇的夏天

伍中正

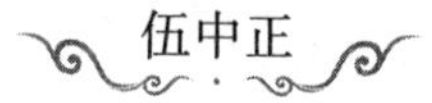

天气越来越热。从梅镇那棵粗大榆树上看起来越来越绿的叶子就可以断定，夏天要来了。

夏天一来，镇上就来了一个跛腿年轻人。他看了看梅镇，再看了看高高的榆树，就不再往前走，一屁股坐在了粗大的老榆树下。

老榆树不认识他，梅镇人也不认识他。年轻人第一次出现在梅镇，就是一副可怜兮兮的样子。脸上脏，衣服脏，腿上更脏。露出的右小腿像烧煳的米饭，样子很难看。跟着他一起来的还有一个提包，提包是牛皮做的，不新不旧，只要拉链一拉开，提包的口就张得大大的。

梅镇人不知道他从哪里来。老榆树开始同情他，给他遮阳又给他遮雨。梅镇人也开始同情他。有人给了他衣服，还对他说："你那件衣服太旧了太脏了，换换吧。"

年轻人顺手就接了衣服，说了几声"谢谢"。他把衣服放在身边，眼睛盯着小腿，小腿在一点点溃烂。他觉得离自己数钱的日子不远了。

有人给了他凉粥，对他说："一天到晚在太阳底下坐，口里肯定干得厉害，喝了吧。"

年轻人顺手接了凉粥，一口灌下。灌完，连说"谢谢"。然后，他眼睛盯

着小腿，很艰难地移动了一下。给他凉粥的人看了很难过。年轻人觉得数钱的日子就在眼前。

有人给他菜饭，还对他说，一天没吃饭了，肯定饿坏了，赶快吃了吧。年轻人顺手接了饭碗，筷子在一个劲儿地往嘴里扒饭扒菜。吃完，他的眼睛再盯着他的腿，再不作声。他觉得再过一天，就到了数钱的日子。

梅镇很多人都在同情他。梅镇的夏天，就有了一个话题，很多人说来镇里的那个年轻人可怜，太可怜了。年轻人也听到了他们的议论，低下头，暗暗地流泪。

从梅镇那棵粗大榆树上传来的长长短短的蝉声就知道夏天渐渐过去。年轻人没有要离开的意思，听着那蝉声，就小睡一会儿。

有人再给他衣服，他摇了摇头，说："给我点儿钱吧，我还等着钱上医院治腿呢。"给衣服的人就在自己的口袋里掏出了钱。

有人再给他凉粥，他摇了摇头，说："给我点儿钱吧，我还等着上医院，再不上医院，我这腿就废了。"给他凉粥的人回到家里，拿来钱给了他，说："赶紧上医院吧。"

有人给他饭菜，他摇了摇头，说："给我点儿钱吧，我还等着钱上医院，再不上医院，我这腿真的就要废了。"给他饭菜的人从口袋里掏出了钱。

年轻人没有离开梅镇。他每天在梅镇人同情的目光里获得了上医院的钱。夜幕降临,他就开始数钱,数那些轻易换来的钱。数完,他自如地拉开提包的拉链,把钱放了进去。然后,他很狡猾地一笑。一抬头,他从那些繁密的枝叶间,能看见梅镇天空上的星星。

梅镇人眼里的夏天很快就要过去。很多人都在担心年轻人。一个夏天,他应该有了不少的钱,应该拿着很多钱离开梅镇到医院去。

又有人站在了他的面前,看着他,说:"上医院的钱差不多了吧?"

年轻人摇摇头,说:"昨夜里让一伙人抢了去,真的回不去了。"

很多人听说了他的遭遇,在他的面前丢下一张张的钱,就走了。很多人又来了,在他面前丢下一张张钱。年轻人看看梅镇的天,一张一张地叠起了那些钱,快速地放进了包里。

蝉不在那棵榆树上叫了。年轻人用手擦了擦他跟焦煳米饭一样的小腿,艰难地站起身。起身那刻,那块焦煳的东西,很快地脱落。

梅镇有人看在眼里,然后看见年轻人很快地跑出了梅镇,跑出了夏天……很多人不知道,年轻人就是我的亲兄弟。我的亲兄弟跑了多久?跑了多远?

我知道梅镇离我的村庄一百多里,他是哭着跑回来的。他的女人得了癌症,死在了医院的病床上,欠下一屁股债。医院的院长说:"要是还不了,就不用还了。"我兄弟死活不依。

我的亲兄弟从那以后满镇子乱跑,用一种很浓很黏的猪血贴在自己腿上,样子怪难看的,博得了很多人的同情。

我的亲兄弟从梅镇回来就把那些钱还到了医院。医院院长说我的亲兄弟很讲信用,差了医院的医药费还记得还。医院院长还留他在医院里吃了一顿饭,饭吃到一半,他把一些没有动筷的菜,用一个白色的饭盒装了满满一盒,来到了他女人的坟前。

从女人的坟前回来,我的亲兄弟对我说:"哥,我再不用那块伤疤骗人

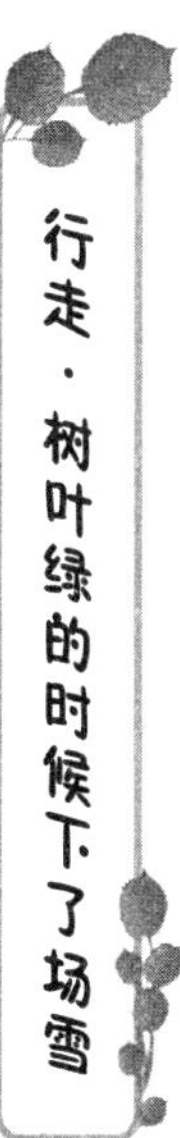

了，等我以后有了出息，我就到梅镇去，找到那些给我衣服给我凉粥给我饭菜给我钱的人，好好报答他们。”

我一把抱住我的亲兄弟，只听他在我的背后一字一顿地说：“哥，我以后，再不骗梅镇的人了。”

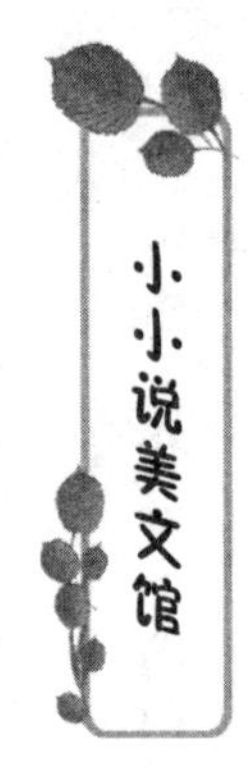

路 多

刘正权

“哑巴话多，瘸子路多。”

这话是黑王寨人的发明，眼下老三就瘸着腿一拐一拐地走在路上。

四姑婆见了，打招呼说：“老三你出门啊。”

“嗯，出门。”瘸子老三回答得很欢快。

“欢个啥呢？”四姑婆寻思上了。

黑王寨有四大欢：出笼的鸟、漏网的鱼、十八姑娘去赶集、脱了缰的小毛驴。四姑婆寻思的结果是这四欢里一欢都挨不上瘸子老三的边。

瘸子却是欢实的，他一拐一拐地把路上都踢踏出灰尘来了。

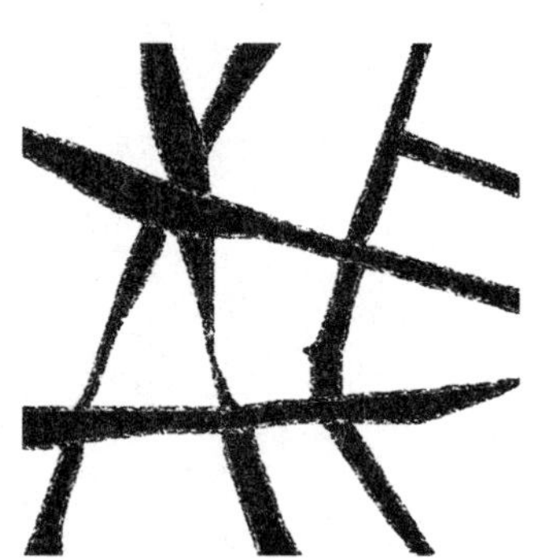

瘸子老三是出去找活儿的。这话搁别人身上，有人信。搁瘸子身上，摇头的多。眼下，全胳膊全腿的都难找一份轻省活儿，何况你个瘸子？

瘸子是打小带的残疾，重活儿做不了，才有机会在寨下河边电站里管了几年自发的电，磨点米啊面的糊口。

随着农村电网的改革，那个小型发电站早废弃不用了，瘸子老三当时在电站流了好几场泪才交的钥匙，怎么说发电站也是公家的东西。

废弃归废弃，瘸子老三也没强占的理由，这一点瘸子老三明白，他人瘸心不瘸。下寨时，瘸子老三碰见了大老吴。

大老吴问他："做什么去啊，这么早下寨子？"

"找活儿呗！"瘸子笑了笑，回大老吴。

大老吴就放下背后捡破烂的袋子，围着瘸子老三上下打量，一脸紧张地说："捡破烂这活儿，你可做不来，一天得跑多少路啊，你那腿，能行？"

话不用往下说了，大老吴的意思瘸子老三能知道。

瘸子老三就点一下头，说："放心，我不会抢你生意的。"

只要不抢自己的生意，大老吴就没关心的意思了，撒开脚丫子走了。其实，收破烂，是个不差的活儿呢，不就有个电视剧叫《破烂王》来着吗。

瘸子老三是去抢女人活儿的。黑王寨有句古话，黄牛撒尿滴打滴，女人干活儿没得吃。瘸子老三要抢的这活儿，就是可以让女人既干了活儿又能舒了心地吃的那种活儿。

说话间，瘸子老三就到了集上。集不大，最多的铺面一不是服装，二不是百货，三不是酒楼，而是茶馆。说白了，就是麻将馆，坐的多是带娃的女人。

男人出外打工，挣了钱，衣服首饰吃的用的都从大城市大包小包往回寄，女人要带娃丢不了手，田地里活儿又让机器给做了，日子就空出一大截来。

女人是空不得的，于是就聚到茶馆来，搓几圈麻将，聊一段家常，日子才能一点点熬过去，茶馆还管一顿午饭，多省心。唯一不省心的，便是娃了。

小点的，含着奶头吃了睡，睡了吃，不用换尿片，都学城里娃，用尿不湿。不省心的，是那满了周岁以上的，学会爬了、走了、跑了，娘的身边就待不住了，能待住的也不闲住，往往手一伸，就把娘面前的麻将给推翻，露出底牌来。有那不耐烦的，啪，一巴掌甩在娃的屁股上，得，喇叭开始响了，一屋人

都不得安宁。

“要有个人带带就行了!”有人这么感慨,瘸子老三就在这感慨声进了门。先递一张笑脸,再递一串话:“我来带咋样?”

手还没伸到娃的跟前呢,做娘的已经一脸警惕地把娃抢在怀里。

“你带？哪里的?”这年月拐卖小孩的事多着呢。

“我,黑王寨的瘸子老三啊。”像给自己证明似的,老三亮出了那条瘸腿。

“一个瘸子,跑也跑不了多远的。”就有人打圆场,“带是可以,给不了几个钱的。”

“三元五元地看着给吧,我主要是打发个时间,这里,比我们寨上热闹。”

有认识的就打圆场说:“瘸子是个热闹人呢。”

于是,就有娃递到了瘸子手上。瘸子带娃,娃开心,为啥？瘸子仁义啊,下了心思哄娃,娃能不开心？往往就见瘸子领了三五个娃在街上蹒跚地走过。日子久了,居然成了一道风景。

瘸子就这么着把个日子慢慢往前淌,一日里也有进项。有了瘸子分忧,茶馆也开心,额外管他一顿饭吃。每日里,瘸子和大老吴一同下寨子,晚上再一同回寨子,上下班似的。

四姑婆纳了闷儿,说:“瘸子你真找着活儿了?”

“找着了!”瘸子老三笑,“承蒙人家关照,日子有得过。”

四姑婆也笑,哑巴话多,瘸子路多,这老话还真的没说错。

瘸子这会儿不笑了,瘸子说:“路不在多,在于走,能走的,总归是条路吧。”

大老吴擦把汗,望一眼瘸子的腿,这腿还别说,走过的路不比他大老吴少呢!

祥子的私房钱

攒私房钱是件任重道远的事。至少祥子这么认为,别的男人或许不,那是别的男人有基础。什么是基础?有职有权当然是,会点儿手艺也算是,能写会画同样是。但祥子却一头也没有,祥子就想到两个字——悲哀!

没有私房钱的男人是悲哀的。祥子固执地认为,祥子的固执与他的职业有关,祥子是名刑事警察。

这年头刑警远没有交警吃香,交警跟司机都处得好,鱼水样的关系,真正的警民情深,就连户籍警也比刑警混得光面。刑警就不行,打交道的多是犯罪分子,你要跟谁说上三句话,别人一准在背后指指点点着谁说,这人有嫌疑呢,瞧,刑警都跟他谈话了。

祥子就过得很沮丧,沮丧是藏在心里的,脸上不能挂,一挂,犯罪分子就嚣张了。谁见过警察一脸沮丧抓罪犯来着,沮丧的应是罪犯才对啊。

祥子眼下正走在大街上。瞅瞅对面,再瞅瞅身后,确信没人了,祥子摸出两元一包的红金龙香烟,飞快弹出一根,喂嘴里点上,美美地吸上两口,又走他的路。大家都抽十元一包的烟呢,撞上他掏两元的红金龙,多不好!现在他不怕,有人问,就说碰见老乡了,硬塞的,不抽人家会说自己拿架子的。

认识祥子的人都知道,祥子家在乡下,乡下人一般不吸十元一包的烟,

就把红金龙烟叼在嘴里过过瘾。正胡思乱想呢,肩膀被人拍了一下,眯眼一看,不熟也不生,反正是见过面的。有一点可以肯定,不是犯过案的人——祥子的熟人中,最熟的面孔是犯过案的。

那人却对他很熟,说:“哟,想案子啊,这么投入?”跟着递过一名片,原来是龙茂的经理王龙。祥子想起来了,龙茂去年的一宗失窃案是他给破的,王龙塞给他一条大中华呢。红包他没收,祥子胆小,不想为这事毁了前程。

尽管祥子眼下的前程很细很脆弱,二月春风就能把它剪断,可祥子还是希望它在眼前飘着悬着,有总比没有强吧!人,多数是靠念想一步步活下去的,直至黄土埋了脖子,念想才断了根。

那条大中华,让祥子回老家过年风光了一阵子,祥子爹在乡邻的赞叹声中拍了胸口保证,下次过年,祥子照样请他们抽大中华!祥子当时恨不得用枪堵着他爹的嘴,像对犯人一样大喝一声:“少废话,双手抱头,蹲下!”

结果蹲下的却是祥子,祥子知道自己没能力请这些看着他长大的叔伯们再抽一次大中华,除非他不想过日子啦。妻子下岗三年了,儿子正上高中,他那点儿工资糊口还行,享受?得,享受西北风去吧。

今年也邪乎,元旦跟春节挤一个月里来了,都是赶着用钱的日子,上哪儿弄条大中华去?早先干交警时咋没想到攒点儿私房钱呢?祥子这才意识到私房钱的重要性,可惜迟了。

看见王龙,祥子恨得牙痒,你当时吃饱了撑的,塞什么大中华,要塞十条红金龙,我慢慢抽,不就攒上二百元私房钱了?二百元能给爹打一壶酒,买一条烟,给娘买一身衣裤呢!更重要的,是爹不会冲乡邻们夸海口许诺什么大中华了。祥子恨从心头起,就恶狠狠说了声:"去你妈的大中华。"

王龙吓了一跳,他知道仲华犯事了?知道笪仲华在我那儿销赃?王龙就打哈哈说:"哥们儿,过年了,我正寻思给你搞点儿土特产呢。"

祥子一愣,说:"要土特产干啥,我老家在乡下,我去找大中华。"

祥子自言自语地冒出这句话,丢下王龙在那儿发呆,走了。祥子被大中华给整糊涂了。

祥子是在晚上收到王龙的礼物的,有大中华烟,还有茅台酒,外加一个红包——三千元。

祥子吓了一跳,说:"无功不受禄呢!"

妻子白他一眼,说:"你给人家破了案,不是功是啥?人家这人念情呢。"

祥子眼一瞪,说:"这事太蹊跷,我得整明白了。"

祥子拎了东西去找王龙,王龙却不在家,祥子就守在暗处等王龙,今天腊月二十四,小年,再忙的人也得回家。果然,十点多钟的样子,王龙回来了,身后跟着一个人,东张西望的。

王龙没好气地踢他一脚,骂:"你个死仲华,销赃销我手里了,要不是我给人送了礼,人家这会儿准守在你家门前。"

祥子一见,哟,那不是局里这两天正抓捕的盗窃犯笪仲华吗?祥子掏出枪,摸出手铐从黑暗中走了出来。

祥子走出来时,非常惋惜地看了一眼蹲在地上的茅台酒和大中华,依依不舍的样子。

过年这天，祥子爹请人又抽了一回大中华，局里对抓到笪仲华非常兴奋，局长问祥子要点儿啥奖励，祥子笑笑说：“奖我一条大中华吧。”

祥子爹说：“抽吧抽吧，这是局长请咱们抽的大中华呢。”

祥子摸了摸口袋，那包红金龙烟还在，硬邦邦的，让人很有底气的样子。

祥子心说，有红金龙做私房钱，倍儿棒。

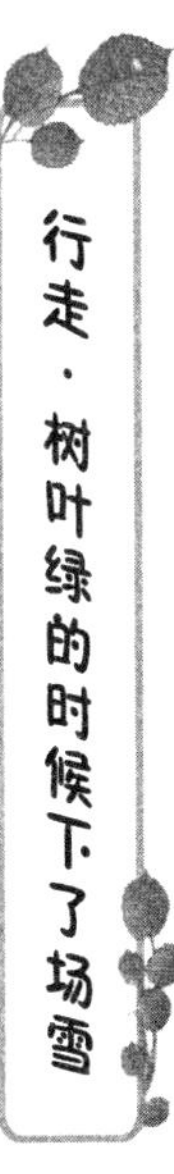

奔走的脚步到底通向哪里

包利民

清晨六点钟左右，十二岁的他便来到铁路边的土路上。有时候他觉得有了这条铁路真好，自己有锻炼的地方了。这是一个小小的村子，在辽阔的大平原深处，而他家，就在村子最前头，长长的铁路从门前经过。

他看了看铁路的西边，两条钢轨伸向遥远的雾霭中。他深吸了口气，蹲伏在地上压了压腿，虽然做得艰难，可还是坚持压到最大幅度。站起身，擦了擦额上的汗，忽然有轰鸣声远远地传来。转头看，西面有火车的影子出现，只是片刻，火车便驶过来了，带着巨大的响声。

他略弯下腰，在火车经过的刹那，猛然向前跑去，向着火车开走的方向。火车飞驰，一个少年拼命地跟着奔跑，步伐踉跄，就像随时都会摔倒。火车终于消失在视线中，他才停下脚步，剧烈地喘息。他回头看了看，露出一丝笑容，因为比昨天多跑了十多步。他捡起一块石头，放在刚才停住脚步的地方。这趟火车每天早晨六点十分准时经过，是客车。

他一瘸一拐地回到家里。由于天生左足畸形，而且左小腿也有些变形，导致他走路极不平稳。爸爸妈妈心疼他，常给他讲一些身残志坚的励志故事，这对他影响很大。而且，他从小就有梦想，梦想来自门前经过的火车，他一直想着以后一定要走到远方去看看。正是因为如此，他才每天坚持跟着火车跑步，

起初总跌倒，可是他咬牙坚持着，终于能跑得很快且不摔倒了。

这天早晨，他像平时一样来到铁路旁，准备开始奔跑。火车来了，他发力跑起来，他转头向火车看了一眼，发现许多人都在看着他。各种表情在眼前飞掠而过，却不能影响他的决心。终于停下脚步，比昨天又进步了一点点。他坐在地上休息，忽然，一张纸片飘落在不远处。

他好奇心起，便去捡了起来，那是一张烟盒纸，反面写着几行字："好样的，你每天这么跑，是想去哪里呢？我小时候家门前也有火车经过，我出来后，却回不去了！"

坐在土路上，他拿着那张烟盒纸想了许久。也许，那个人小时候也和自己一样，也许他远离了家乡，可是为什么回不去了呢？哪有回不去的家呢？他知道，这趟火车开往的方向，几十里外有个矿区，听爸爸说，那里的人大多是从遥远的外地来的。那个写字的人，就是其中一个吧？

第二天清晨，他又来到铁路边，手里拿着一张大纸片，上面画着两个醒目的大字："回家！"

火车来时，他一边跑一边向着火车举起纸片，他看见匆匆掠过的每一张脸，也不知哪一张是那个写字的人。火车过去后，却再没有纸片飘落。可他依然举着"回家"的纸片跑了三天，才恢复了以往的生活。

多年后的一天，他终于离开了家门，在父母祝福的目光中走向远方。他在外奔波了许久，在他的努力下，别人的白眼冷漠变成了钦羡敬佩。可是他却不为所动，就像当年飞驰而过的火车没了影踪，他却没因此而停下脚步。他成了一个专业的摄影家，万水千山走遍，越走越远，也常想起家中渐渐老迈的父母，却一直无缘回去，理由太多太多。

有一次，在火车上，他抓拍到了一张照片。当时火车正驶过大片的平原，一个村子忽然出现在视野中，低矮的草房，坎坷的土路，还有一个站在家门前望着火车的男孩。他拍下这张照片后，每次看，都会触动心底最柔软的部位，仿佛看到了当年的自己在火车旁奔跑的身影，看到父母在家里充满欣慰和心疼的目光，也仿佛体会到了当年那个给他扔纸条之人的心情，心里顿时升腾起强烈的渴望，就像当年想要去远方一样。

那一次，下了火车后，他立刻踏上了回家的路。再次见到父母时，他已经在外面闯荡了六个年头。六年里，父母老了许多，可是他们眼中的温暖却一直没变。那个早晨，他像多年前一样，在铁路旁等着火车开来，当火车驶过来时，也仿佛载来了过去的时光。他跟着火车奔跑，跑出了满眼的泪。

而他不知道的是，远在几千里外，在酷似他家乡的村庄里，一个六十岁左右的老人，正和儿女们欢聚一堂。老人美美地喝了一口酒，说："近二十年前，我还在东北的一个矿上干活儿，想着挣不来大钱就不回来，要不也对不起你们的妈。那时我们每天都要坐一个小时的火车去矿上上班，在路过一个村子时，我们天天能看见一个腿有些瘸的孩子，追着我们这趟火车跑。有一天我心血来潮，就在烟盒上写了几行字扔给他。接下来好几天，那个孩子都举着那张纸片跟着火车跑，上面写着'回家'两个字！我才下决心回来的！走久了，才发现，回家多好！"

而他，看着火车远远消失，记起当初的那个给他扔纸片的人，想着那个人也早就回家了吧！

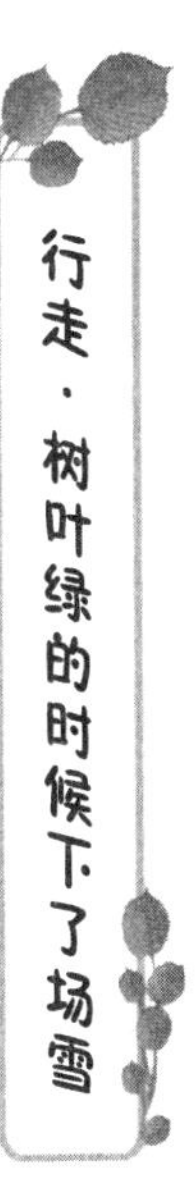

第五只鹅

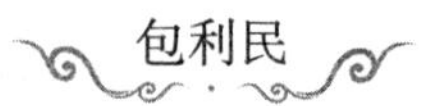
包利民

有一天,他突然觉得,自己似乎发现了奇迹。放了好几年的鹅,终于等到了那只鹅的出现。三年前,他来到这个农场放鹅时,就有一种预感,自己可能要在鹅身上有惊人的发现。

一条河边,一片大草甸上,有着许多放鹅人。每个人都像将军,手下一大群士兵。他是最沉默的一个将军,也是别人眼里很怪异的将军。别的将军都是一把年纪的人,而他却只有二十多岁,不在城里好好闯番事业,偏来这偏远之地放鹅,很是让人不解。他对这些却不管不顾,此刻正眼睛瞪得溜圆,紧盯着从水里爬上岸的鹅群。

那些鹅在一只极大的鹅带领下,排着队上岸,他仔细地数着:“一、二、三……”数到第五只时,他的眼睛唰地就亮了!这第五只鹅平凡无奇,扔进鹅群里一点儿也不显眼,背上有一小块黑羽毛,是最常见的雁鹅。可他却记住了这只鹅,并且是牢牢记住。此鹅非同一般,它总是出现在第五的位置。一百多只鹅,他曾仔细观察过每一只,就这一只与众不同,连头鹅都是经常更换的,而第五的位置始终是这只鹅的。他因此在此鹅身上做了一个记号,怕自己眼花看错。有时候,主人想杀只鹅,他就会去选前头的几只,即使如此,那鹅也绝不排在前面,依然慢悠悠走在第五的位置。

有一天傍晚,他赶着鹅群回去,斜刺里蹿出一条狗来,鹅群惊乱,一只鹅竟展翅飞上了高空,向着远方滑翔而去。他和那狗都看呆了。他从没想到,鹅居然也会飞? 等赶走了恶狗,鹅又恢复了秩序,他发现第五只鹅不见了,重新出现在第五位置上的,是另一只鹅。飞走的竟是那只鹅! 他高兴,也失落,高兴的是那只鹅果非凡品,失落的是,那只鹅只怕从此飞无踪影。

没想到,第二天,他把鹅从圈里放出来赶去河边时,发现它竟回来了,依然悠然地走在第五的位置。他擦了擦眼睛,没错,就是它! 真难以想象,它是什么时候、怎么回来的。他心里很是兴奋,看来,在这只鹅身上发生什么事,都是正常的。他抑制不住那份喜悦,就跑去告诉自己在这里唯一的朋友,也就是鹅主人的儿子。他对鹅研究的所有进展,都会告诉朋友,朋友也支持他,对这方面也挺感兴趣。朋友听了他说的话,同他一起来到河边,鹅吃过草正在下河,第五只鹅依然在。

朋友问:“你看准了? 真是那只吗?”

他拍着胸膛说:“绝对不会认错,你知道我在它身上做了记号的!”

于是两人再度感叹。

这个朋友和他有着类似的经历,都是在大都市中撞得头破血流,倦了,失望了,便渴望一份简单的平静。不过朋友同他还不一样,朋友似乎还有着斗志,自己正在筹备一个特色养殖基地。朋友也经常劝他振作,不能和鹅过一辈子,他只是说:“等我找到一只不一样的鹅,也许就有信心了!”

真没想到,三年了,放过那么多鹅,终于被他找到了!

鹅的奇迹在继续。有一次,他回城里办些事,要两天才能回来。这期间,朋友给他打电话,告诉他一个不幸的消息:“你的那只鹅昨天被我爸宰了招待客人了! 真是对不起,我没能及时发现并制止!”他一听,立刻急了,事也不办了,火急火燎地赶了回来。到了河边,那些鹅正在吃草,他像疯了一样去赶那些鹅,鹅们于是纷纷下水。他瞪着血红的眼睛看着那第五只鹅,看着看着,眼里的血丝尽去,忽然狂笑起来。

他找到朋友，质问："我正办事呢，你咋开这样的玩笑？"

朋友一脸不解，他说："那鹅还在那儿呢！你看急得我这头汗！"

朋友不信，说："不可能！昨天我看到时，鹅头已经被割掉了。我特意仔细看了，还有你做的记号在上面！"

他于是拽着朋友到河边，把鹅又赶起，果然那只鹅仍在，记号也分明在身。

朋友疑惑了："你是不是在多个鹅身上做过记号？"

他一撇嘴："别的鹅我才不注意！真的不是你看错了？"

朋友也有些不敢确定了，只好说："要不是我看错了，要不就是这只鹅真的有些奇怪！"

他也深以为然地点头，他更希望是后者。

朋友说："这鹅果然被你找到了，看来你在这里的日子也不多了！"

他一想，的确如此，自己当年就是这样想的。看来，世界上不会有比找到一只神奇的鹅更难的事，还有什么可怕的？不久后，他真的离开了，带着那只鹅。只是回到城里后，他渐渐发现，这鹅似乎已经没有了当初的灵气，可能是环境变化所致。后来鹅便死了，他却没有扔掉，一直期望着它能活过来。过了好多天，死鹅都快腐烂了，他才断了这份希望。

不过，他现在已经有了全新的生活，事业蒸蒸日上。只是很久以后，他和当年在农场的那个朋友在一起喝酒，又提起那只鹅，朋友说："那鹅确实很神奇，真的只走在第五的位置！"

他说："那算什么，你忘了那些别的神奇之处了？"

朋友哈哈大笑："别的我倒没发现。那次飞走的事，是事后我弄了一个相同的，做了记号骗你，当然杀的那次也是我做的手脚！"

他一下子明白了，心里虽有着遗憾，但更多的是感动，他知道朋友只是想让他早日找回充满信心的自己。

他举杯敬朋友，两人畅饮。忽然，他猛地停下酒杯，说："不对！不对！

就算你换了别的鹅,做了同样的记号,那鹅怎么也总在第五的位置?”

朋友的手一颤,酒洒了好多,也是脸色大变。

两人相对无言,再也无心喝酒了。

搭　车

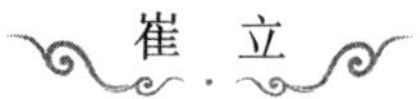

崔　立

李想希望有人搭他的车。

李想是一名货车司机，整天开着车穿梭在城市与乡下之间的马路上。

李想的经理知道了。经理就找到李想，说："李想，你要知道，你是送货的司机。"

经理还说："李想，你的车是公司的，不是你个人的，公司的车没有义务让你捎带别人，知道吗？"

李想低着头，说："经理，我知道了。"

李想说是知道了，但经理的话，并没改变什么。李想又想起父亲说过的那个故事。

一个寒冷的下雪天的夜晚，怀着李想的母亲，肚子突然疼了起来。从家到医院是有一段距离的。父亲搀着母亲，来到了漆黑的马路边，期盼着路边能有一辆车停下来，捎他们去医院。也许是天气恶劣的缘故，开过去的车子很少，偶尔能开过来一辆，却没停下来。等了快两个小时，终于有一辆车停了下来。可到医院时，已经晚了。李想活了下来，母亲却没了。医生擦了把额头上的汗，说："若是能早十分钟送来，就好了。"

一想起这事，李想的鼻子里总莫名地有些酸楚。也就是从听到这个故

事起，李想就想着成为一名司机，让那些需要帮助的人搭车。而今，李想的梦想成了现实，他很乐意做他喜欢做的事。

有次，李想捎一个乡下老头去城里。老头上了车，似乎有些诚惶诚恐，问："不收钱？"

李想点头，说："是啊。"

老头还不信，又问："真不收钱？小伙子，你可别诓我老头子啊。"

李想说："老人家，你放心吧，我保证一分钱不收。"

直至到了城里，老头才真正信了。老头拉着李想的手，说："小伙子，你真是个好人哪。"

李想微微一笑，说："没事，顺路而已。"

重新开动车子，李想心头一阵欢欣，那是做了好事的成就感。

那一天，李想拉着货，刚从乡下开车，看着阴沉的天空，估计不久之后就有一场大雨。原本乡下的马路上就没什么人，眼瞅着快要下雨，就更看不到人影了。

开了没几步，远远的，似乎站着一个人在马路边招着手。李想放缓速度

开了过去,刚把车停在那人身边。副驾驶座的门打开了,一个男人一屁股就坐在了座位上。男人上车后,也不说话,甚至一句客气话都没说。

倒是李想有些耐不住,说了句:“哥们儿,你去城里吗?”

男人说:“是。”

男人的脸,似乎带了些狰狞。李想微微地渗出些汗。

车子已经重新开动。

李想边开着车边说:“哥们儿,看你的样子,是去城里办事吧?”

男人说:“是。”

李想说:“你是城里人吧?”

男人没吭声。

李想又说:“你在乡下有亲戚?”

男人似乎有些不耐烦,瞪了李想一眼,说:“你好烦啊!”

李想讪笑了一下,说:“我平常都一个人在车上,无聊得很。难得有人上车陪我,自然要多聊几句了。”

说着话时,外面已经下起了雨,雨点很大,噼里啪啦地砸在车子上。听起来,这声音还挺悦耳动听的。

男人说:“搭你的车去城里,多少钱?”

李想“哦”了一声,说:“不要钱。”

男人一愣,说:“为啥不要钱?”

李想乐了,说:“我没想过靠这赚钱啊,本来就是帮助别人。”

男人很奇怪地看了李想一眼,忽然呵呵笑了,笑得挺有意味的。

在男人的笑意中,李想讲了一个故事,那个寒冷的下雪天夜晚的故事。

李想说:“那天,如果有一个司机,能早一点儿停下车的话,母亲也许就活下来了。我从没看到过真实的母亲,我只能看母亲的照片或者偶尔在梦中能见到她。”

说到这里,男人脸上的笑意不见了。男人的脸,突然变得严肃了许多。

车子离城里越来越近。男人喊了声:“停车!”

李想吓了一跳,紧紧踩住刹车,车停了下来。

外面的雨停了。雨后的田野,还有天空,显得特别清新怡人。

男人说:“我不去城里了。”

车门打开,男人下了车,朝着远处走去,走得很快,没一会儿,就消失得无影无踪,像没出现过一般。

李想看到男人坐过的座位下,多了一把刀,一把雪亮的刀。李想心头暗暗惊了一下。李想还看到掉落的一张皱巴巴的纸,上面有一个城里的地址,还有一个血红的名字。

李想想起男人下车时,眼中亮亮的神采。

李想重新启动了车,没松掉离合器,只把油门重重地踩了下,车子发出轰隆轰隆巨大的声音。

李想的心头,莫名有些欢畅。

往　来

崔　立

那是一个假期。李阳和妻坐长途汽车回老家。拎着沉沉的行李，妻走在前，李阳跟在身后。妻对照着手上的车票号码，坐上了过道一侧的空座。

妻指着过道另一侧的空座，说："你坐这儿。"

李阳点点头，把行李往上面的架子上一塞，刚要去座位时，李阳猛地愣了一下，空座内侧的座位上，已坐了两个人，是一个女人，抱着个四五岁大的男孩。那女人，竟是李阳的初恋——王月。

王月也认出了李阳，并且看到了李阳的妻。王月和李阳的妻并不认识。

王月似乎也没和李阳打招呼的想法，只是对着坐身上的小男孩说："一会儿到了家，记得要叫人，知道吗？爷爷、奶奶、叔叔、阿姨……"

小男孩很听话的样子，说："妈妈，你放心吧，我都记住了。"

其时，妻叫了李阳，说："上次你给我看的书，今天带了吗？"

李阳说："带了，带了。"李阳站起身，又拿下了行李，从里面拿出一本书，递给了妻。

车摇摇晃晃地启动。小男孩一开始坐在王月怀里。坐了一会儿，小男孩就站在了王月的两腿之间，母子俩一起说着话。

说着说着，许是王月累了，从身上掏出手机的耳机，插在耳朵上，说："儿

子,我睡会儿,你别打扰我啊。”

小男孩点着头,说:“好。”

车子在快速地前行着,已经上高速公路了。王月的头蜷缩着,弯向窗口一侧。小男孩的一双黑眼珠眨啊眨,一会儿望向窗外,一会儿又看向李阳这边。李阳看见妻不停地朝着小男孩看。李阳知道,妻一定是想儿子了。儿子今年三岁,一直由老家的父母带着。到家就可以看到儿子了。

李阳靠在椅背上,也在闭目养神,心头却波涛汹涌。曾经,李阳是多么爱王月啊,不顾一切,发誓两人要天长地久,海枯石烂。他还以为这辈子一定是非王月不娶了,但不知道是自己真的不够成熟,还是真的没搞懂自己在想些什么。有一天,李阳忽然发现自己不爱王月了,当不爱一个人时,和她在一起,又显得那么不合时宜。李阳提出分手的那个晚上,王月要自杀,还好被寝室的室友发现……

李阳还在想着,就被身边的一个刻意放低的声音吵醒了。

“我……我和你说过多少次了,你总是说改改改,你真的改了吗?对不起,我真看不到你改了什么。我和你说,这日子我真的是过不下去了,你爱找谁过就跟谁去过吧,反正儿子我带走了,在你手里儿子也过不上什么好日子,还有,请你以后别再打扰我们了,就当儿子没有你这么个爸……”

李阳睁开眼,王月似乎不经意地朝自己这边看了一眼。很快,王月的头蜷缩在窗口,继续睡觉。李阳也继续闭目养神,心头再一次炸开了锅。看来,王月的婚姻是并不幸福啊。李阳忽然有种负疚感,在心里蔓延开。

李阳想起了什么,站起了身。妻还在饶有兴致地看着书。那书写得确实不错,因而李阳在书店一看到那书时,就毫不犹豫买了下来。

李阳拿下行李,从行李箱中拿出了几包薯片。李阳给了妻一包。李阳坐下后,又递给小男孩一包。小男孩没拿,只看了王月一眼。

李阳说:“小朋友,你拿着吧,很好吃的,妈妈不会怪你的。”

小男孩还没说话,就只等待王月的声音。

王月直起头，看着小男孩，说：“妈妈是不是教过你，陌生人给的东西不能吃，对不对？”

小男孩说：“对。”

李阳好尴尬，只好以苦笑来掩饰。

车子快驶出高速公路时，李阳看见小男孩一个人在低声哼唱着什么，一会儿又从身上掏出几个小玩具，拿在手里独自把玩着，也不吵闹王月。真的很乖。

李阳其实是真想说些什么的，可想想，又能说什么呢？妻就在一侧。王月的儿子也在，王月的耳边，还塞着耳机。有些奇怪，王月的耳机外，听不到里面嘈杂的声音。妻听耳机时，一旁的李阳总能听到耳机里的声音。难道王月并没有听什么，只是在掩饰着以免被打扰？

这车子，开得还真快。李阳再抬头，竟快到达目的地了。王月拉着小男孩，从李阳让开的座位处走过，一直走到车门口。车停下，王月和小男孩下了车。

李阳去拿行李，妻忽然不经意地说了句：“这女人，你是不是认识啊？”

“砰”的一声，行李重重地砸中了李阳的脚。

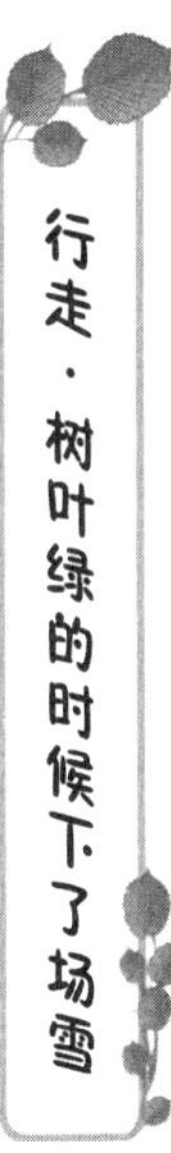

酌 方

高 军

为了培养中医传人，王世忠被安排跟着高介宾学习，并负责整理《高介宾医案》。刚开始，王世忠总是在高介宾为病人抓药后及时把药方收集起来，他以为这样就万事大吉了。但不久后他就意识到了一个问题，高介宾尽管开了药方，但从不用药戥子，都是用手抓的，是否准确呢？

更主要的是，有一次高介宾不在家，王世忠为一位支气管哮喘患者开出方子治疗，但效果不理想。老师回来后，他认真请教，高介宾却肯定他治疗正确，用药也没有问题。

“老师您说，怎么同样的症状，同样的方子，同样的用量，为什么我开出来会出现这种情况呢？”王世忠诚心诚意地请教道。

高介宾皱着眉头想了一会儿，开口缓缓说道：“我也不知道为什么，等病人再来的时候，让我看看再说。”

真是说谁谁到，这时病人拖着病体已经跨进了门：“高医生，听说您回来了，快给我看看，我喘得不行，受不了了啊。”

高介宾发现，病人脉沉缓，舌质淡红，苔白黏浊，已出现阳虚水泛之症，于是再次开出了平喘纳气汤——去黄芩、地骨皮，加炮姜、桂枝的方子。

王世忠看了一眼，的确还是他开过的那个方子，并且用量也还是完全一样。

高介宾还是和以前一样，自己来到药橱跟前，拉开药匣，用右手很快抓出了各种需要的药材，随后一挥手，吩咐道：“包上吧。”

王世忠这次格外关注这个病例，第二天傍晚就去走访了患者。让他吃一惊的是，仅服两天药，病人痰减少了，咳喘减轻，症状已大有缓解。服完八天药，症状全部消失。然后用蛤蚧定喘丸巩固，以后未再复发。

王世忠彻底服气了，但也更加迷惑不解了。他一有时间就对着老师开的药方仔细斟酌，但也不见什么独特之处。有时他甚至想，老师是不是在用于抓药时施了什么魔法呢，随即他就摇摇头自己笑了，别胡思乱想，还是好好琢磨老师的高明医术吧。

某一日，他突然想到了最早思考过的问题，觉得是老师用手抓的药用量不准确，才歪打正着治好了患者的。但他马上又否定了这一想法，药方是经典药方，再说老师也不可能每次都碰巧啊。难道老师有了特异功能，所以才这个样子的？他受的是现代教育，当然不相信无稽荒诞之说。最终他还是决定去好好斟酌患者症状与用药这些方面的情况。

这天又来了一个习惯性流产患者，高介宾开出的是益气固肾汤，王世忠打算好好研究一下老师这次抓药的情况。药店关门后他带着药戥子去了患者家，把老师抓的药再次分开，仔细戥每种药的用量，果然让他发现了问题之所在，老师抓的药中炒杜仲、桑寄生、山萸肉三样均比药方上的用量多了五克，王世忠再次看了患者一眼，患者腰有时会有些弯，补肾壮腰的药用量多一些是非常正确的。老师显然也看出了这位妇女的这一症状，所以这几味药用量多了一些。可问题是，老师为什么不在药方中写出，更主要的是他怎能想多抓五克就能多抓五克，这也太神奇了啊。

王世忠用心记下了这个药方的情况，并用心跟踪这位患者的治疗情况，结果高介宾为她治疗两个月后身体好转，不久后怀孕，十个月后产下一男婴。

由于高介宾自视甚高，王世忠只能找机会暗暗地研究高介宾的处方，并详细记录治疗情况。到了这个时候，由于窥视到了老师自己都没有意识到的治疗秘密，王世忠心里有底了。老师抓药后他每样都包小包，然后用药戥子复秤，详细记录高介宾开的药方和实际抓的药的用量。但这一工作不能在药店当着高介宾的面进行，他只能多跑腿，到患者家中进行。发现用量的变化后，他再仔细对照患者情况，然后分析记录。虽然受累颇多，但也获益匪浅，用药水平快速提升。

几年后，他整理的《高介宾医案》基本完工。这个时候高介宾年龄已经很大，脾气也更固执了。当他拿着《高介宾医案》让老师过目的时候，高介宾对他用心记录的药方提出了异议，觉得那不是自己的，如果要出版就得出版他开的原始处方。上级很重视这本医案的出版，最终医案就是照着高介宾开的原始处方出版的，王世忠这些年的工作等于白做了。他也彻底明白了，高介宾抓药是下意识地根据病情调整了用量，连他本人也没有意识到。但他无怨无悔，继续跟着高介宾虚心学习，仔细记录他抓出的每服药，他觉得老师这种状态下的用药更值得研究，也更有价值。

又过了几年，高介宾去世，王世忠重新修订了《高介宾医案》。他把以前删去的恢复原貌，把后来的情况加上，一本厚重的更有参考价值的医案得以问世。

在前言中，王世忠特加说明，阳都名医高介宾有不懈的追求，晚年对医术的研究更臻完善，这一版才是老师医疗水平的真貌，因而也才更有参考价值。

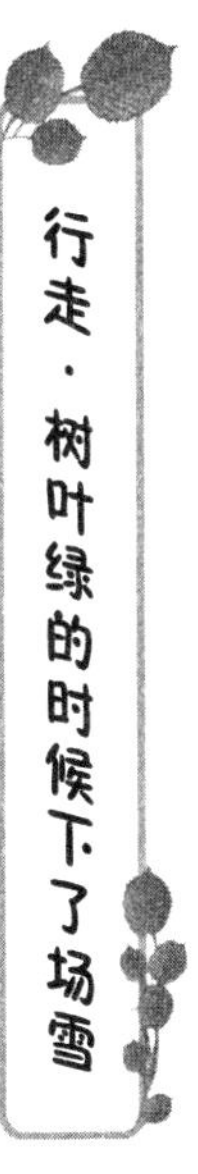

柿子红了

白 秋

清冷的风，挟着秋雨，刮走了整个夏天。

柿子红了。村口老柿树下，三奶奶又开始在那里削柿皮晒柿饼了。

向东是村子里走出来的文化人，长年背着相机跟一帮摄友们东奔西走，发表多少作品不说，混了个中国摄影家协会会员倒是真的。

小时候，他清晰地记着三奶奶是坐着鲜红苇席扎制的棚子、饰有大红门帘的马车，从三十里外的山那边拉进村里来的。微胖但很灵巧的身材，白里透红的脸上，一双清澈见底的大眼睛里不时闪过羞涩的光，三奶奶这一掀门帘，就把村里一些年轻人的魂给勾走了。

三爷爷是木匠，手巧心细出活快，在附近村子里是出了名的，也只有他才能娶回这样的婆娘。

村子在城区向西二百多里的地方，过去要攀过九曲十八弯的牛角岭，走上老半天。现在好了，隧道打通，开车一个多小时就到。山村没有统一规划，住户还像过去一样散落在向阳的山坡上，与遍野的柿树一样自由自在。

三十多年过来了，三奶奶依然住在她那个简易的窝棚里，围着厚厚的棉线围巾，穿着略显臃肿的棉衣裤，手脚麻利地削着柿皮。塑料薄膜围成的晾晒场上，吊起了一片连着一片的柿饼子。红艳艳的柿饼，映着她阅尽沧桑的脸,好一幅秋意深远的画面。

记不清多少次了,孩子们动员三奶奶到城里住,都被她用一句话给堵回去:“要是你爹回来,找不到家怎么办?”

在过去那漫长的夜晚,山里人有的是时间。大家聚在一起,家长里短闲扯拉呱,老少爷们交换抽着自家地里种的旱烟,品着孬好。那些半大不小的后生们就聚在一起玩玩牌,打打闹闹,往往是谁家媳妇漂亮就往谁家钻。他们认准了三爷爷经常做工不在家,有事没事偏往他家里跑。耍着玩着,个别人就忍不住戳七弄八,捏捏胳膊、摸摸脚,沾点小便宜。只要不太过分,三奶奶也就一笑而过。

一年后,大儿子出生了,长得虎头虎脑人见人爱。那帮年轻人就凑在一起闲磨牙,这个说是我的,像我;那个说是他的,像他。谁也没在三爷爷面前嘀咕,风言风语还是传到他的耳朵里。好一阵子里他没事找事,摔盆子砸碗地跟三奶奶闹别扭,三奶奶也不跟他计较。后来,他就不出去找活儿干了。二小子出世了,家里越发紧张起来,三爷爷也只是在附近找点儿零活儿干,从不在外面过夜。

那年,公社里赶工期修建会议礼堂,把周围村里木匠窑匠全抽调了去。要求大家吃住都在工地上,谁也不准回家。三爷爷是十二分的不乐意,推来

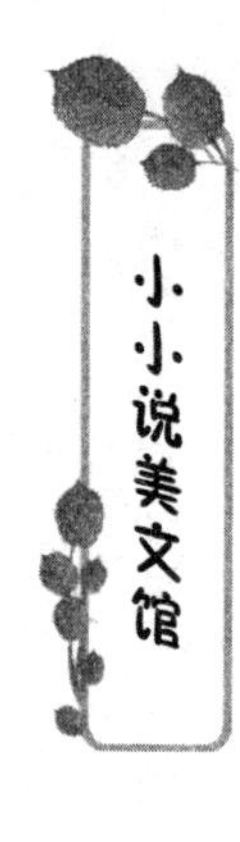

推去不想去。直到被外号叫花心大萝卜的村支书找来，狠狠地骂了一顿，他才磨磨蹭蹭去报到了。

没过几天，他找了个由头就往回跑。到家的时候，天已漆黑一片。临近村头，他看见一个黑影，从家门口方向一闪而过，像极了村支书的样子。三爷爷的心“倏”地一下收紧了。

三爷爷蹲在自家门前，抽完了满满的一大荷包旱烟。

天亮时，他悄悄走进屋里。对睡在炕上的三奶奶说：“公社当官的安排我去东北买木料，短时间不回来了。”

三奶奶追出来问：“那要到什么时候？”

他头也没回撂下一句：“柿子红了的时候！”

两人从此就再没见面。

“三奶奶，三奶奶，我给你照张相吧？”

“有什么好看的，不照，不照。”

“好看着哩。如果发表获奖了，你就成了名人啦，到那时，全国、全世界的人都知道你了呢。”

“啊！噢……那你等会儿，等会儿哈。”她一溜小跑进了屋里。

过了好半天，才见她身穿红袄，下着青裤，头发梳得锃光瓦亮，一只手不停地把那一缕银丝往耳朵后面掖着，颤巍巍地走了出来。

夕阳的光辉斜洒下来，笼罩着炊烟四起的小山村，古老苍劲的柿树上挂满了数不清的小灯笼。三奶奶站着简陋的门前，背后是一片接着一片串在一起的柿饼子，堆满皱褶的脸庞上洋溢着笑容，一双眸子闪闪放光。

咔嚓、咔嚓……相机凝固了这一个瞬间。

向东的摄影作品获奖了，《柿乡风情——守望》获得了这次全国摄影赛的唯一大奖。

北京农展馆的展览大厅内人头攒动，他发现一位花白头发的老人，久久伫立在那幅作品前，看了又看。

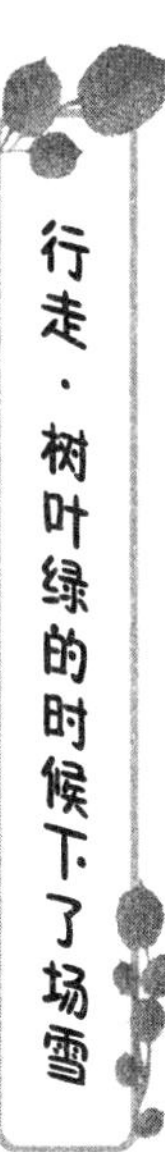

蟹篓

白 秋

清朝末年，宫廷式微，好多身怀绝技的人物流向民间，核雕艺人张大眼就是其中一位。

一个偶然机会，山东潍县都家村的都渭南结识了张大眼，为他的手艺所折服并且全力接济，张大眼感激之余，就把祖传的核雕技艺传给了都渭南。由此，核雕这门手艺扎根潍县，流传了一百多年，也留下了获得巴拿马世博会金奖和数次作为国礼的美名。

然而，时过境迁，核雕也跟其他民间艺术一样，跌入了低谷，传人极少，鲜有问津者。直到十多年前，在那不起眼的村子里发生了一件小事。

那一天，老刘家的三小子逃学，跑到了邻居家的果园里偷东西。不大的果园，只有那么一棵桃树长得格外茂盛，桃子也个大鲜艳，让人垂涎欲滴。他刚费劲爬上树，忽听见有人喊："臭小子，你又来了，给我下来。"

就见都老爷子手持锄柄，急匆匆赶来，把他逮了个正着。那小子吓得够呛，越喊他越往上爬，看样子想着从树上跳过墙头跑的意思。

老都赶紧说："你下来，下来吧，我不打你，也不跟你家里人说。下来，我给你拿熟的吃，快点。"

他半信半疑地溜下来，手里还攥着个半生不熟的青桃。

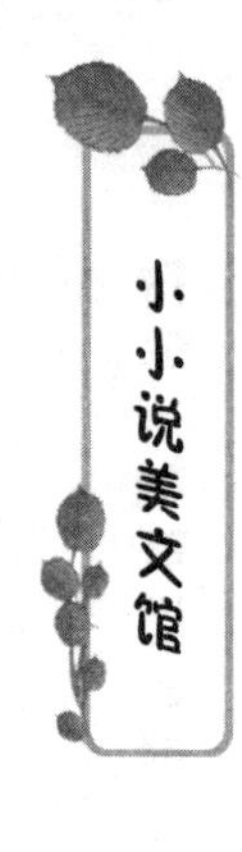

老都一脸惋惜地夺过来,说:“我说你个熊孩子,这桃子能吃吗?它的核有大用处,弄好了一个桃核能顶你爹种三亩地,抓一年蟹子的。你过来看看。”拽着他的耳朵到了里屋。

那小子一看,桌上炕上全是桃核,分门别类雕了三国、水浒、西游记、马拉轿车、夜游赤壁等传说故事;佛像、山川、十二生肖等造型,或玲珑剔透,或稳重大方,或滑稽可笑,一下子就把他迷住了。

从此,就让他——艺名“启今”的这个浑小子走上了一条不同寻常的路,他死皮赖脸要拜都老爷子为师,成了潍坊核雕的第六代传人。

启今生在一个普通的庄户人家,好在兄弟几个都有自己的一技之长,不愁吃穿。就是他,自小调皮捣蛋,不正经学习,成了家里的老大难。

假期里,父亲带他去田里抓螃蟹,他东跑西颠光琢磨着玩,气得父亲把蟹篓往地头一扔,过来揍他。他却看着满地爬的蟹子出了神,不顾父亲的巴掌把屁股打得山响,一根筋地问:“爹呀,你说里面那个蟹子咋的啦,怎么越爬越往里呢?”

“它笨呀,跟你一样,什么时候你才能爬出去,不用我操心了,你个没出息的东西。”这话太刺激人了,像针一样扎到了他心里。

学核雕可不容易,那些“刀枪剑戟”全是最小号的,刀子、钩子、铲子、锉有十几种,最细的刀子跟缝衣针一般。所有工具没有一件是现成的,全部自己动手制作,光磨制刀具他就学了一年多。

艺成之后,启今第一个想法,要雕一个“蟹篓”,这一想就用了四年。等考虑成熟,从下手雕刻,到作品的完成,又耗去了八个多月。这期间,他就跟一个寄居蟹一样,整天在屋子里忙活着,没有一点效益。

那“蟹篓”用的是核雕当中最难技巧——镂空圆雕手法,表现了蟹篓歪倒后,螃蟹纷纷爬出,有一只螃蟹找不到出口,在蟹篓里奋力挣扎的那个瞬间。

整个作品长不足三根手指,宽一指,高二指有余。蟹篓篾条部分,只有

两层纸那么厚，像一只小鸟蛋壳，中间全部镂空。一个蟹篓，八只螃蟹——外面七只，里面一只，每一只螃蟹都是须目俱张，惟妙惟肖，连每个蟹足都是镂空细作。仔细端详，蟹篓里面的那只螃蟹最为精致，它怒目圆睁，爪鳌张扬，活力十足。

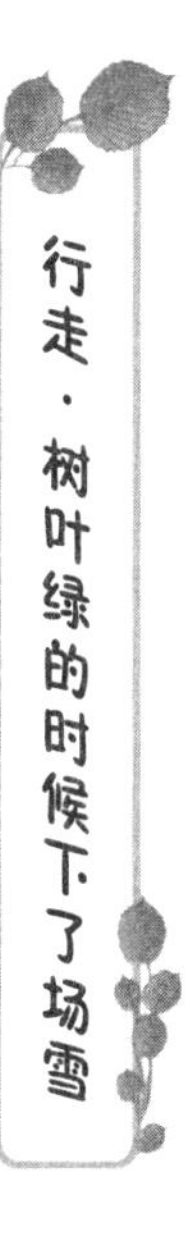

作品雕刻完成后，启今喝了整整一瓶白酒，病了十多天。那年，他刚满二十岁。

2008 年，在全国第二批国家级“非遗”名录评选中，“潍坊核雕”成功入围，一时名声大噪。在权威部门举办的首届核雕大赛中，启今的作品《蟹篓》一举获得金奖，他也因此被授予了“核雕技艺大师”称号。

隆重的颁奖仪式之后，启今没跟任何人说话，拿着奖杯证书急匆匆地走了。师傅老都一个劲地追，直跟到村后墓地上。

他看见启今扑倒在一座荒草丛生的坟茔前，把获奖证书和奖杯摆在一起，斟上了满满一大杯子酒。启今哭着说：“我爬出那个篓子，还被评为国家级的核雕大师。现在，订货的客户都排到年后了，您就放心吧。”

启今他爹走的时候，念念不忘这没成人的孩子，担心他这行当挣不出饭来，迟迟不肯闭上眼睛。

借 钱

韦如辉

女人急需钱。女人走投无路,才想起男人。

男人很有钱。有多少钱,男人似乎也不清楚。

但男人有个毛病,就是从不借给别人钱。在男人看来,这毛病是原则,他从心眼里看不起伸手向他借钱的人。尽管为此男人得罪了不少人,但男人仍坚持自己的原则。

女人找到男人,男人正在忙。男人宽大的办公室里人来人往,找男人办事的人出一屋进一屋。男人在忙,并没留意女人。女人只有等。为了借到钱,就是让女人再怎么等,女人都会等的。因为女人的确走投无路。

男人终于闲下来的时候,才发现眼前的女人。男人的心一动,问:“你怎么来了?”

女人低下头,说:“借给我五万块钱。”

“借钱?”男人脸上飘过一丝鄙夷,而对于女人,男人还是耐着性子问,“借钱干什么?”

女人说:“儿子病重,急需用钱。”

女人眼睛红红的,仿佛两个熟透的桃子。

男人背过身去,只把一个高大的后背和后背上一双反剪的双手对着

女人。

男人说:“你不知道我的毛病吗?”

“知道。”女人说,“可是我走投无路。”

男人没借给女人钱,女人是抹着眼泪离开男人办公室的。

男人想起过去的一幕。在十五年前的校园里,男人是男孩,女人是女孩。男孩疯狂地暗恋着女孩,女孩在男孩的眼里是天使的化身。为了女孩,男孩吃不香睡不着,男孩的成绩急剧下降。终于有一天,男孩鼓足勇气,给女孩写了一张字条。字条这样写道:“晚自习后,操场第三个篮球架下见!”

那晚的操场沐浴着皎洁的月光,左顾右盼的男孩也沐浴在月光下。女孩始终没来,男孩对女孩的爱情梦犹如风中的肥皂泡迅速破灭。

过去的一幕,是男人永远的痛。女人的出现,又让男人认真地疼痛一次。

男人有些后悔。男人觉得这样对待女人，有点儿无情，甚至残酷。毕竟，女人是自己曾经朝思暮想的人。

男人在老板桌前坐下来，打了个电话。男人在电话里，严肃地说了一段话。然后，男人头靠在老板椅上。男人很累，需要休息。

女人住在城市的一个胡同里。胡同里的房子是老房子，老房子里住的大部分是穷人。女人住在胡同的最里面，平时女人家很少来人。

有一天，女人家里突然十分热闹，女人家来了一群报社和电视台的记者。记者蜜蜂似的围着女人问这问那。

记者问："家里还有什么人？"

女人答："儿子。"

记者问："儿子学习好吗？"

女人答："好！每次考试不是第一就是第二。"

记者问："儿子呢？"

女人指了指床上答："在那儿。"

记者问："儿子怎么了？"

女人答："病了。"

记者问："什么病？"

女人答："白血病。"

记者接二连三地又问了一些问题。女人没答，女人已泣不成声，无力回答了。

这件事很快在报纸和电视上大量做了报道。

女人很快得到十万块钱的捐助。捐助的人没留下姓名，也没有任何要求女人做的。这之后，电视和报纸似乎集体哑了嗓子，也没有一条后续报道。

女人已经意识到这一切都是因为男人的操纵，女人很感激男人。女人想，等治好儿子的病，再好好报答男人。

钱像流水一样，从女人手里迅速流走。一同流走的，还有儿子。儿子得的是不治之症，再多的钱，也无力挽回儿子的生命。

半年之后，男人接到女人的电话。

女人说："来吧，我还你钱。"

男人说："还钱，你借过我的钱吗？"

女人说："是的，我借过你十万块钱。"

男人说："你搞错了，你难道不知道我的坏毛病？我从不借给别人钱的。"

女人说："我是别人吗？"

男人那头没说话，沉默。

女人说："来吧。"

男人才说："你在哪儿？"

女人说："鸿业国际大酒店，888 总统套房。"

男人挂了电话。

男人没去。

男人的心口疼痛得十分厉害，豆大的液体从男人脸上滚落下来。

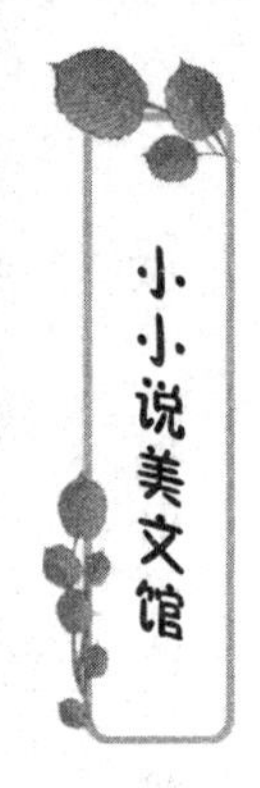

游　戏

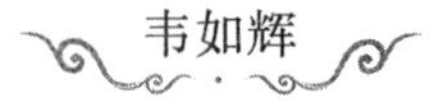
韦如辉

她说:“咱们做个游戏吧?”

她说过之后,向他投去探求的目光。她怕他不答应,或者给轻易地搪塞过去。所以,她只有用目光作为道具,请他务必做出回答。

他果然愣了一下,鼻子里才挤出一个“嗯”字。但他马上回过神来,生怕中了她的圈套,问:“做什么游戏?”

他对她明显地存了一份戒心,或者说是一点儿怀疑。

她撇一下嘴,几丝蚯蚓似的皱纹立刻爬上她的嘴角。岁月就像一把坚硬的刻刀,在她的面容上留下了太多的刻痕。她轻如蚊蝇似的说:“狗屎和白糖。”

“噢,狗屎和白糖。”他喃喃自语,眼睛里闪过两道亮光。

狗屎和白糖是一种最简单的游戏。一个说,狗屎或白糖,一个说你吃或我吃,仅此而已。儿时的他们喜欢做这种游戏,这种游戏快乐了他们的童年。说得过分一点儿,快乐了他们那一代的童年。

小时候,她说:“狗屎!”

他说:“我吃!”

她说:“白糖!”

他说："你吃。"

她会高兴得发疯，会顺着学校的围墙或晒场上的草垛跑一圈两圈，或者干脆躺在青青的麦苗儿上，让阳光尽情地抚摸，让雨露放肆地浸渍。

他呢，自然也是快乐得像只野兔。只要她高兴，狗屎他是吃定了。

快乐的童年是短暂的，仿佛就那么一眨眼的工夫，青年时代就来到他们身边。

他和她却依然做着童年的那个游戏。

大人们说她，这孩子，还跟小孩似的。

大人们也说他，这孩子，也跟小孩似的。

她高兴。他也高兴。

她对他说："只要咱们高兴，管谁说去！"

他也会对她说："对，只要咱们高兴，管谁说去！"

有一次，他问她："怎么我总是吃狗屎？你总是吃白糖？"

她笑得前仰后合，像一朵风中左右摇摆的花儿。她对他说："我就是吃白糖的嘴，你就是吃狗屎的命呗。"

他嘿嘿笑了起来，似乎她说的是对的、是真的、是千真万确的。

自从他们进入婚姻的殿堂，很少做这样的游戏了。这几年，他们似乎把这个游戏给忘了。

今天，她忽然提出要做这个游戏，把他记忆里沉睡的东西一下子戳醒了。

她问："开始吗？"

"开始吧。"他从记忆中出来，冲她点了点头。

她又问："你先说还是我先说？"

"你先说吧。"他肯定地回答。因为每次都是她先说，他不想打破这种固定的规则。

她眼睛眨巴了两下，脸颊上似乎蒙上一块红纱。

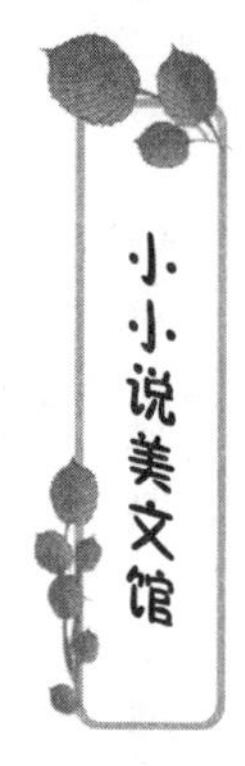

她说:“狗屎!”

他不假思索,说:“你吃!”

她本想接着说下去,但几次努力,话儿都没能从肚子里蹦出来。仿佛谁突然卡在嗓子眼里。

对于他和她,还有那个游戏,她第一次吃狗屎。狗屎的味道真难吃,臭烘烘的。怎么能有白糖好吃呢,甜蜜蜜的。她忽然想,过去他吃了那么多的狗屎,怎么能受得了?

她闭上嘴,只让气息从鼻孔里出来。

他问:“接着说吗?”

她摇了摇头。泪珠子从她眼眶里滚落。

他从口袋里抽出一支烟,点上。一团浓浓的烟雾随即笼罩了他的表情。

月光从落地窗前透过来,洒满室内红色的地毯。今夜的月光很强,以至

于灯光都有些暗淡。

她依稀记得,今天是农历十五。

他也在心里默默数着现在的日子,明天是农历十六吧。

她签了字。

他也签了字。

狗屎和白糖,本来不沾边的事儿嘛。她签字的时候这样想,他也这样想。

明天,她和他将形同路人。

忠厚的导游

甘桂芬

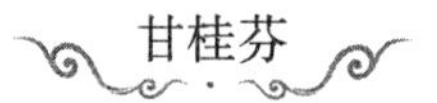

我为什么出来旅游？和大多数不经常出远门、抠巴惯了的中年女人一样，在病床前送走了年迈的老人，儿子也考上大学了，不用见天守着家做饭洗衣，总算能缓口气，几个中学时的女同学互相撺掇着，说是不能净给老公省钱，得奢侈一回，跑得远远的，好好疯疯。

出发前上网查注意事项，有人提醒要千万提防导游，电视新闻里举过不少游客受骗的例子。几个人一合计，干脆，不参加旅行团，自己设计线路，到了目的地再说。

第一站是厦门。找到网上预订的快捷酒店，进房间时看见电梯里贴着当地景点宣传单。咦，土楼——中央电视台不是专题介绍过吗。好不容易来一趟，不能不看看。宣传单上印有旅行社的电话，当场打电话咨询，说是明天一早有车来接，专门接待一日游的散客。

第二天一早，按照约定的时间、地点，导游带着旅游车来了。小伙子个头不高，胖乎乎，一副憨厚相，有点像乡下老家的表侄子。

车上已经坐了十来个人，看样子他们是一起的，叽里呱啦说个不停，渐渐听明白了，是一家公司同期退休的职工，老板请他们旅游，算作退休礼物。

这个小团体当中，一位穿红毛衣的女人很醒目，虽然年岁不小了，仍能

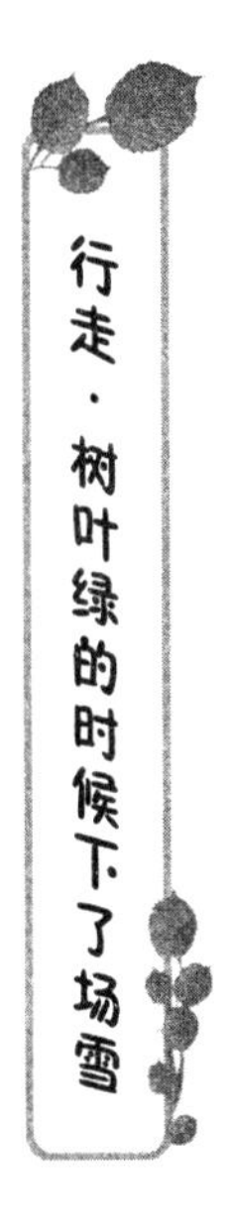

看出当年美丽的影子。一路上喋喋不休地批评这个建议那个,导游倒还顾及面子,嗯嗯啊啊地应付。她的同伴们都满脸不屑,大约是早已看不惯她爱抢风头。

陆陆续续又上来几个人。途中,有人要求上厕所。导游说,这路上的厕所都是收费的,一会儿,找一家提供免费开水,还有免费公厕的地方,让大家下车歇歇。

"哼,还不是想拉我们去买东西,你好有提成?"红毛衣女人说。看来,对导游怀着警惕的不只我们。

年轻导游笑了。"各位叔叔阿姨,大家到了商店不要买东西,只管免费接开水,免费上厕所就好。"

上过厕所,有人看见外面商店里有免费品尝的特产,忍不住东尝西尝,立场不坚定的经不起摊主怂恿,买了几包土特产。

等到上了车,有人抱怨说,导游你带的这个地方,东西好像挺贵啊。"阿姨,我提醒过你们不要买的。"花了钱的无话可说,只好自我安慰,反正要带点东西回去,早买早完成任务。

到土楼了,临下车前,导游又一再叮嘱,附近会有很多卖土特产纪念品的,请大家看好自己的钱包。果然,大家都长了记性,只看不买。

返程的路上,导游卖力地讲故事,逗得大家哈哈笑。穿红毛衣的女人提议让他唱歌。他选了《牡丹之歌》。我们这个年纪哪有不熟悉这首歌的,车厢里一片合唱,热闹极了。

途中,又有人要求找厕所。小伙子指着车窗外摆着"一人一元"牌子的简陋土厕,说:"你们愿意上这样的厕所吗?"大家看看那些脏兮兮的、围墙只有半人高的厕所,还要收如厕钱,没有人响应。

"那就到前边商店上吧。只是这一次,我请求叔叔阿姨们帮个忙。我们老板和这个商店有协议,不管买不买东西,只要游客进去待够半个小时,人家就会按人头给我一块钱的介绍费,如果大家不进去,少一个人,老板就扣

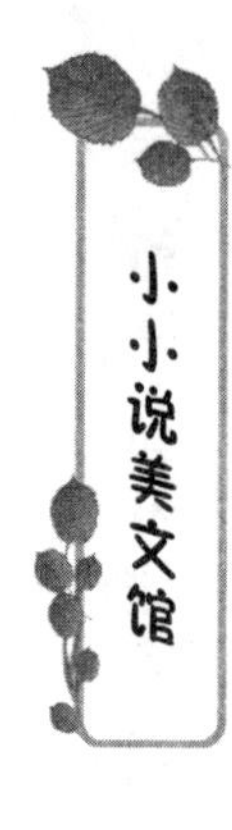

我一块钱的工资。”

“扣工资？小伙子，你一个月挣多少钱啊。”

“一千五。”

“一千五够干啥？”

“可不是！没办法，现在大学生不好就业。本来还指望毕业了能多点挣钱养活我爹呢，现在倒好，连自己都养活得不咋地。”

车厢里一阵沉默。

“我们要是买了东西，你有提成吧？”红毛衣问。

“有是有，可那儿东西贵，我建议你们不要买。只要在店里待够半小时就行了。谢谢各位叔叔阿姨！我给大家作揖啦。”小伙子说得很诚恳。

“反正咱也没啥损失，帮帮这孩子呗。”红毛衣号召。

车上一个没落下，大家都进了商店。该喝水的喝水，该上厕所的上厕所。也有人在货架前转着看，这个商店土特产品种齐全，但是标价超出市场价很多。

导游走到大家身边，悄声提醒：“贵，别买。”大家也密谋似的，互相对对眼神，盯着手表等熬够半小时。

这时候，导游的手机响了。一接通，他脸色就变了，汗也下来了。离他近的都能听得见，电话那边的女人在哭：“医院又催咱爹交住院费呢，再不交，人家就要停药了。还有，孩子发烧得厉害，你早点回来吧。”导游脸色煞白，急匆匆地跑到出口继续接电话，大家远远看见他边打电话边擦额头的汗。

时间已过半个小时，没人催着他走。倒是都拎起购物篮，挑选给家人、朋友的礼物。

等导游打完电话，大家一个个提着大袋小袋走出来，有花了二三百的，也有花了千儿八百的，虽说贵了些，可是出来旅游不就是花钱嘛。

小伙子满面感激地帮大家把东西提上车、安置好。最后一段行程里，大

家不约而同显得活泼了。

车进市了。导游按照大家要求的地点，设计好线路，把人一个个送走。天色渐晚，我们六人是最后一拨，直接去火车站，前往下一个城市。

她们几个都跑累了，躺在后边的椅子上睡觉，我因为最近学摄影的热情正高，跑到前排，“咔嚓咔嚓”不停。好在相机是数码的，不费胶卷。

斜躺在第一排的导游手机响了。

在他身后的我听见电话里的声音：“老公，我煮好饭了，你几点到家？”

“快了，把最后一拨客人送走就回去。”

“累坏了吧？”

“嗯。”

“咋样，他们买的东西多吗？”

“还行，今天带的散客，年纪大，我得格外厚道才能惹他们心疼。你打的

那个电话好，说孩子有病，老人住院，他们都听见了呢。不过，咱们真该劝劝爹呢，就算身体好，毕竟年纪大了，不能再去建筑工地干活儿了。等还完房款，咱要个孩子吧，听说，三十岁以前生的孩子最聪明呢。”

他可能太累了，没注意到身后有人，或者是认为无所谓了，反正马上就要各奔东西。

我看看后排座椅上已经睡着的同伴儿，假装什么都没听见，继续对着窗外的风景“咔嚓咔嚓”。

怀念一株稻谷

李忠元

李响就像失去了亲人一样失落，一整天都阴着一张苦瓜脸，魂不守舍地在楼下墙根处徘徊，着了魔似的。

最初发现这个秘密的还是儿子李默。那天清早，李默刚要把自己的跑车开出小区，却猛然发现父亲低着头，一副失魂落魄的样子，李默不觉愣住了。父亲这是怎么了？家里这段时间可是一直都平平安安的啊！李默一时百思不得其解。

李默也没太在意，刚搬到楼上才短短半年时间，李默沉浸在乔迁新居的喜悦里，新鲜劲还没过呢！老爹的痛苦到底来自哪里呢？

李默想不通，想不通干脆就不想。坐在副驾驶的老婆，责怪这对父与子有福不会享，把好事都给整纠结了。

李默说："纠结的哪是我啊，你没见爹愁眉紧锁，神色凝重得都能拧出水来吗？"

两个人你一言我一语，说着说着小车就冲出了小区，屁股上冒出一股浓浓的黑烟，扬长而去了。

李响眼巴巴地看着儿子的车远去，赶紧又收回视线，东瞅瞅，西瞧瞧，在小区开始了地毯式地搜寻。

小区并不开阔，一楼清一色的车库，在建楼之初开发商曾允诺建花园小区的，可到最后却食言了，整个楼下除了车库，就是一片水泥硬化的空地，连一棵草也没有，光秃秃的，显得毫无生气。

李响所在的小村——长白山脚下的木匠沟被列为新农村建设示范村，去年秋天就开始动工兴建了，四栋八层楼，原来村里的住户都分到了新楼房。村民们喜迁新居，过上了城里人才有的好日子。

可搬入新居的李响却乐和不起来，他无事可做，整天在小区来回走，总像在寻宝似的。

一天，李响真的发现了个奇迹。他在儿子放车的墙角处发现了一株弱小的稻谷，正以罕见的生机，钻出无比坚硬的水泥裂缝，展示它顽强的生命力。李响像哥伦布发现了新大陆，顿时手舞足蹈起来，冲上楼，提下来一桶水，用心地浇灌起来。

从此，李响像重新拥有了土地一样，心里有了一种归属感，整个人随之精神了百倍，他每天楼上楼下不停地往返，为那株创造着奇迹的生命浇水、施肥、培土，忙得不亦乐乎。看着这株稻谷经过自己精心侍弄而茁壮起来，常常忙得满头大汗的李响竟毫无怨言，见有人到他的“试验田”观摩，他的嘴巴会乐得合不拢。

每次侍弄完，李响擦去额头上的汗珠，一屁股坐在这株油绿的稻谷旁，卷起一支蛤蟆烟，望着这棵还算鲜活的生命，优哉游哉地吞云吐雾。抽着抽着，疲劳的李响竟然睡着了，恍恍惚惚，李响仿佛又穿越回了从前的日出而作、男耕女织的农家岁月，置身于一片青葱的稻田，听着一声声蛙鸣，好不惬意！

李响和村里人一样，原来都是纯正的农业户口，虽然每口人仅有三亩多地，但有国家惠农的好政策，连年种高产作物还能多打些粮，多赚些钱，小日子日见起色，倒也过得其乐融融。

可好日子还没过上几天呢，又有人来征地了，村主任挨家挨户地撺掇，弄得鸡飞狗跳。木匠沟村的地被统一征走，高价租给一个叫山田的小日本开什么糠醛厂。同时，村上为配合新农村建设又统一规划，国家拿钱补偿建起了新楼房。就这样，民宅和厂房相映成辉，耸入云天，小村路面、地面全部被硬化。仿佛发生了翻天覆地的变化，一夜之间，农民就与泥土彻底告别了。

农民搬进了新楼，进了工厂当上了工人，可快活只是一会儿的事，还没到三个月呢，细心的人们突然发现，自己日常的饮用水有了问题，饮水一天天变黄，味道也不对劲，总有一股刺鼻的味道。

这时，农民才开始觉醒，为自己的生存状况担起忧来，怀念起以前恬适的农家岁月，无比神往。

想起这些，李响就对小日本充满了怨恨，昔日侵华烧杀淫掠，无恶不作，现在他们却没事人似的，堂而皇之地利用中国的土地谋求他们的效益，污染着我们生存的环境！

可提起这，李响也有苦衷，他每次骂小日本时李默都不爱听，儿子说："要不是小日本来这儿搞开发，你儿子还不是顺着垄沟捡豆包吃，能进工厂当工人？"

"这年轻的一代啊，为了钱，什么都忘了……"

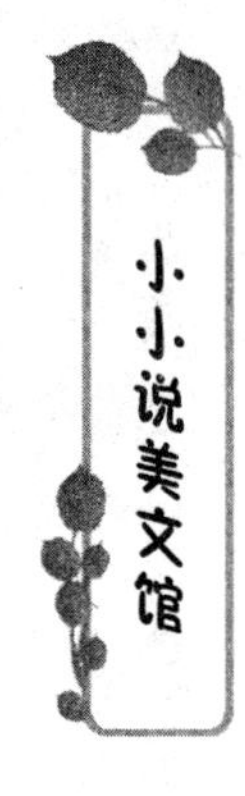

现实总是残酷的。

今早一起来，李响下楼给那株稻谷浇水时，却发现那株自己一直小心呵护的植物不翼而飞了，李响的大脑顷刻一片苍白，额头上急得沁出了细密的汗珠。到底哪儿去了呢？李响开始打天摸地地寻找，可一直不见那株可爱的绿色生命的踪影。

李默一边想着，一边继续向前搜寻，一直来到了最后这一处角落——那个绿色的垃圾箱跟前。李响惊讶地看到，自己一直精心照料的那株稻谷蔫枯地躺在垃圾箱的一角，肮脏得惨不忍睹。

李响把它拣出来，用水清洗干净，重新栽到那个角落里。这株稻谷任凭李响怎么浇水，干枯的枝叶再也焕发不出一点生机，就像很多植物一样，一旦离开了原来的土壤，生命都会受到威胁！

李响手里紧紧握住那株干枯的稻谷，像失去了亲人一样，顿时跌坐在地，泪如泉涌。

城里的月光

刘满园

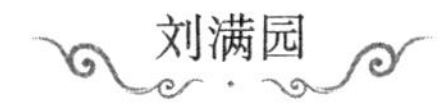

贵嫂进了趟城，住了几个月楼房，跟着儿子进饭店吃了几回饭，回到村里，话就多起来：“那地方贼好，月亮看着都比农村的圆得多。”

正月里走亲戚，贵嫂把儿子的阔气说得四乡八村人人皆知。二月里上地，山前山后全是贵嫂的粗喉咙、大嗓子。四月里锄玉米，贵嫂又跟人显摆，说小贵承包了兰渝铁路上的大工程，能挣好多钱，随后她也会跟着小贵，进城享福去。

贵嫂在李家庙村算个人物，说话有分量。男人大贵勤劳，把家里弄得吃穿不愁，儿子小贵当兵三年，光荣退伍后，在县政府门房当保安。“那地方过去叫县衙，能上那里当差，咱小贵有出息吧。”知道真相的人，便附和几句，哄贵嫂高兴。不知情的听了，写满一脸羡慕，人家祖坟上冒了青烟了。

大贵实诚，不多说话，老伴儿回回这样王婆卖瓜，他死活听不惯。没旁人在场，大贵就劝贵嫂：“别嚼舌头了，娃娃给人家看个大门，多大能耐，你不怕惹人笑话，我还嫌丢人。”

贵嫂听了，两眼一瞪，指着李大贵的鼻子，说：“你这棒槌，晓得个屁，这叫长自己志气！”

往后，大贵只顾埋头干活，没接过贵嫂的话茬。他总是觉得，这么信口

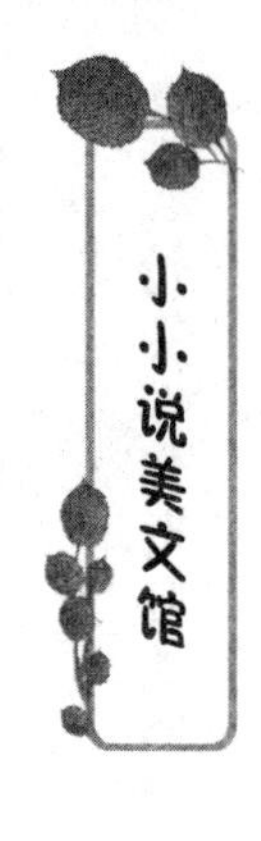

给自家娃娃长志气，似乎不够稳妥。果然，不稳妥的事情跟着来了。村里人进城办事，都来找小贵。小贵有多大能耐，他自己还不明白？不过村里人不管，能在县政府里上班，帮娃娃择个校，上医院里混个熟大夫，还算个事儿？小贵气得直搓手，他想，问题肯定出在母亲那张爱说大话的嘴上。

小贵还是给村里人办了好多事情，也有没办成的，慢慢人们对小贵也有了褒贬。这年月办事难，鸡毛蒜皮也要落人情看脸色。大话好说，稀饭难吃。小贵回家过年，狠狠地发了一回脾气，央告母亲不要再吹牛了。贵嫂听了儿子，收敛了一年半载。

好在小贵天资聪明，几年保安当下来，竟然积累了好些人脉，他充分发挥这个优势，混得人模狗样起来，一转脸成了建筑老板。回家过年，小贵开着豪华轿车，领着漂亮女友，风光无限。打麻将，甩着一把一把的钱，谁代喝一杯酒，给谁一百元现金。

再往后，好多人路头路尾见了贵嫂，老远就悄悄躲开了。那些经常到她家闲聊的人，也很少踏进她家门槛，连一些亲戚，也不上她家走动了。大贵觉着不对劲，可他说话“不如放屁”，他也就没有说过。大贵知道，再吹嘘下去，这李家庙，绝对待不成了。

“牛马年广种田”，今年贵嫂家种的麦子，向阳，成熟早，丰收了。照大贵的意思，得赶紧找人，抓紧收割。六月的天，孩子的脸，说变就变。贵嫂到村里家家户户找遍了，没有一个答应跟他们合伙的。李狗儿、李其录，还有四代成，都像变了个人，说话有前句没后句，意思很明显，不愿跟他家来往。

大贵急了，再不上门求情，今年的麦子会烂在地里。晚上，大贵带着几瓶好酒，登门找往年的老搭档，也多亏大贵实诚，干活儿卖力气，几家人才勉强答应继续合伙，把成熟的麦子收完。

秋里儿媳坐月子，贵嫂进城去照看，回来又吹了个天花乱坠，说：“天天鸡鸭鱼肉，生猛海鲜，都吃腻了，梦中还想吃碗家乡的酸菜饭。”

面对贵嫂，村里人再次保持了沉默。秋收，几个老搭档，彻底回绝了

大贵。

“小贵，你不早盼我们进城吗？这回来了就不走了。”贵嫂再次进城，拉来一车破旧东西。

“二老终于愿意进城了，好好好。”儿子这么说着，大贵却觉着儿子说得有些勉强。

整整一个冬天，贵嫂两口子天天上公园里晒太阳，心里空落落的。晚上大贵想看看月亮，却看不到，他跟贵嫂住着的那间屋子，没有阳台。元宵之夜，大贵想去阳台上看月亮，却听到了儿子跟媳妇说话，才知道，儿子这两年涉赌，差着别人上百万呢。

大贵商量着要回乡下。

贵嫂说:“我不，要回你回。”

大贵估计她也想回去，只是不好意思见村里人了。

不久，大贵坚决回了老家。他想，添粮不如减口，儿、媳都不容易。再说春天来了，该下种了，咋能待在城里坐吃山空呢。

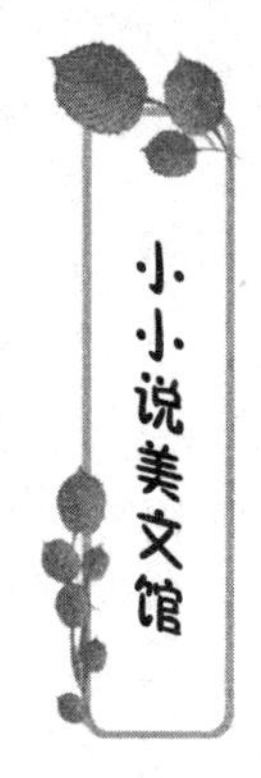

楼顶的玉米

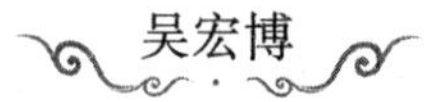
吴宏博

儿子跟我说："爸，语文老师为了让我们体会粮食来之不易，要求我们每个人种一种粮食作物，观察它生根、发芽、生长的全过程，最后再写一篇作文。你说我种什么好呢？"

现在的老师事可真多，我心想。

在阳台正侍弄那盆辣椒的老父亲开口回答了："孙子，这事你得问爷爷，爷爷种了一辈子地，你爸一直忙着上学、考试、进城，哪懂种庄稼的事啊！"

老父亲是我在儿子上小学后接进城的，让他帮忙接送儿子上下学。离开了土地的父亲不会打太极也不会遛鸟，于是就在阳台上开起了荒。父亲找了很多花盆，种了辣椒、西红柿、韭菜等，还有一盆豇豆蔓爬满了防盗窗的铁栅栏，一尺多长的豇豆挂满了阳台。

我总是说："爸，你也不种些花草，都种了一辈子庄稼还没种够啊？"

父亲总是笑呵呵地说："这些不比花草美吗？"

儿子跑过去问父亲："爷爷，那你说我种什么好呢？"

父亲一手提着花铲，一手抚摸着儿子的头说："爷爷帮你种几棵苞谷，咋样？"

老家把玉米习惯叫苞谷。

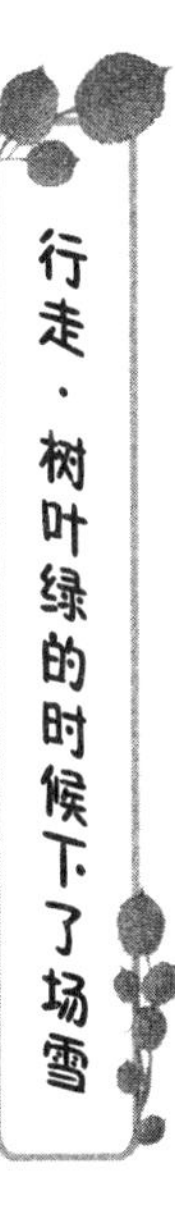

我说："爸，家里怎么能种玉米呢？那秆儿都比楼层高。"莫非父亲觉得蔬菜不算正宗的庄稼，种着不过瘾？

"你别管。"父亲笑着说。

第二天，满手是泥土的儿子跑到书房，激动地给我说："爸爸，爷爷在楼顶帮我种了几盆玉米，有两盆还是我亲手种的呢，过两天发芽了我领你去看。"

父亲也进门了，边拍打身上的土，边自言自语地说："城里这土没啥营养，还得好好追肥。"

我家住顶楼，楼道上有道门可以上到楼顶去。楼顶能长出庄稼？亏老父亲想得出来。

儿子初学稼穑，每天兴奋地拉上父亲去楼顶。父亲是个耐心的人，每次都会乐呵呵地提了水和铲跟儿子一起上楼顶。

过了几天，听儿子说楼顶的玉米已经发芽了。我一直没有上去看，忙。

父亲每天都会往楼顶跑一趟，说着"都一尺高了""没想到花盆里也会长出杂草来"之类的话。儿子隔三岔五也会跟着父亲上到楼顶去。

一个月过去了,父亲还是坚持每天打理完他阳台的盆栽蔬菜,再去楼顶忙活一阵儿。

儿子早就不上楼顶去了,没那个新鲜劲了。父亲有时上楼顶去的时候会叫一声儿子:“走,看你的玉米去。”儿子总会懒洋洋地说:“爷爷,你去弄吧,等长棒子了你再叫我。”

父亲并不在乎儿子的态度,也似乎早忘了这是当初给儿子种的观察苗。他自己倒乐在其中了。

好多次父亲都没有把小便尿进马桶,而是偷偷用那个小塑料桶提到了楼顶。为此妻子还在我面前嘟囔过好几次。我说:“父亲种了一辈子庄稼,爱它们,他打小就跟我说,农家肥长庄稼,由着他吧。”

父亲忙碌着,每天还是边拍打身上的土,边自言自语地说着“都一人高了”“有两棵都抽穗了”之类的话。

父亲毕竟老了,有天从楼顶下来时踏了空,在楼梯上闪了腰,在家里养了几天后,给我说:“我还是回老家去养吧,你们都要忙着上班,照顾我会影响你们工作。回老家让你妈伺候我,也方便,乡下空气也好,好得快。病好了我再来照顾孙子。”

来城里这么久了,父亲应该也是想母亲、想他的农活儿了,这是我事后才悟到的。

父亲走的时候,跟我和儿子说:“没事就去楼顶给那几棵苞谷浇浇水、疏疏土,估计快灌浆了,红缨子都长出来了。”

我跟儿子都“嗯嗯”地应着。

父亲走后,我和妻子把儿子送到了托管班。儿子忙他的学习,我和妻子忙各自的工作。

秋季说来就来。有天,父亲突然打来电话:“楼顶的苞谷应该快熟了吧,记得让铭铭掰棒子写作文啊。”

铭铭是儿子的小名。其实父亲不知道,儿子的作文早都交了,不过不是

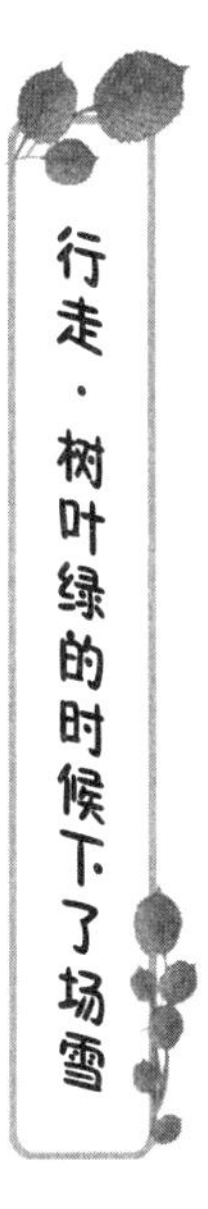

写的玉米的种植过程，他是根据网上的QQ农场的种菜经验写的。老师还给了他“优”，说是虽然有投机取巧之嫌，但却能独辟蹊径。

接完电话，我给儿子说：“铭铭，爷爷让我提醒你掰玉米棒子呢！”

儿子兴奋地说：“哦，我差点都忘了自己种的那几棵玉米了。”

其实，我也忘了。

儿子兴高采烈地找来一个小篮子，非要拉着我去楼顶掰棒子。

来到楼顶，我们傻眼了。那几棵玉米早已枯萎发黄，盆里的土早已干结开裂，结的棒子空瘪瘪的。

我们真傻，一月多都没有得到照顾的玉米，怎么会给我们丰收的景象呢？从父亲种下粒到长成苗，我一次都没有上过楼，对于它们的生长，我都是从父亲的自言自语里了解的。

看着枯黄的玉米，我突然想到了父亲，那位我整天忙得都顾不上好好陪着说几句话的老人，就像这几棵被我遗忘了的玉米一样，失去照顾的他也一天天在枯萎老去……

我对儿子说：“走，周末回老家，看看你爷爷奶奶去。”

奖　状

到西部边塞山区后，我的脾气变得更差了。其实早先我已经预料到这里恶劣的条件了，但我未曾想到竟是如此之差。我来这里原本也有些拿不定主意，但来西部支教对我们这些应届毕业生有许多优惠政策，最后关头我还是来了。

总算熬过了几个月，再没多久就可以回去了，可以离开这里的艰难与困苦了。此刻的寒气吹击着四面透风的破旧教室，我的心冷冰冰的，但是看到学生们天真的脸、单薄的衣衫、生着冻疮的手指，我的心突然有些愧疚。我是有些对不起他们的，他们是多么希望我能多待些时间，甚至希望我能长久地留下来。可我呢，却一直想着早点儿回去，回到大城市去。我突然鼻子酸酸的。我想起夏日里学生们给我带来家里舍不得吃的瓜果，他们小心地捧到我的面前，微笑着说："老师，你吃，你吃嘛。"

我想起冬日里他们用他们带着冻疮的小手捧起我的大手给我哈气，把温暖一直送到了我的心里。

可这些怎么留得住我？我还是盼着回去，因为一想到这里夏日的风沙、冬日的寒气，我就感觉自己再也坚持不下去了。我强打着精神，继续一天天给孩子们上课，心里却在盘算着回去的日程，没多久就要过年了，回家的日子近在眼前了。

学生们都很听话,特别是那些家庭特别贫困的学生,事实上学生们多半来自贫困家庭。学生们成绩还不错,他们也很上进,每逢考试,他们最大的愿望就是可以获得奖状。是的,奖状,他们拿回家后会得到父母的夸奖。他们会把奖状小心翼翼地贴到墙上,这就是全家的荣誉啊。虽然学校连奖品都买不起,但小小的单薄的一张奖状就会让他们感觉到无上的光荣。李家强得到过奖状,他高兴得跳起来;李霞也得到过,她高兴得连流出的鼻涕也忘了擦;在我的印象里李小娜得到的最多,但她每次总是很镇静,似乎那些奖状就应该给她似的。

李小娜家里条件很差,学习很用功,她有一双天真而有智慧的眼睛。我看到眼前的小娜就禁不住多关照些她。她不怎么爱说话,笑得也很少,但领到奖状的那一刻她却是微笑着的,冲着我微笑。所以,我对她的印象很深。

学生们提前知道我要离开的消息,都显得闷闷不乐,他们用祈求的眼神看着我,轻轻牵着我的衣角,嘟着小嘴舍不得我离开。上完最后一节课,我认真注视着每个学生,希望能记住他们每一张可爱的面孔。可是我却发现小娜没有来。是的,我又认真扫视了两遍教室,还是没有小娜,我心里满是焦虑和担忧,莫不是山路难走,出啥子事了?

我刚要询问,班长跑过来小声告诉我:“小娜今天来不了了。”

“为什么不来?”

今天连学校的领导都在教室里,村民也拥挤在窗子外面。他们都不希望我离开,他们都是诚心来为我送行的。我在激动间有些恍惚,我不知道接下来该说些什么。我的脸开始有些涨红,应该是羞愧。你看,连小娜都不愿意来给我送行了。

正疑惑间,校长已经走到我的面前。他手里捧着一张很大的鲜红的奖状,对我说:“杜老师,你看,你要走。我们也没什么好送的,这张奖状我们送

给你。感谢你给我们山区做出的贡献。”老校长满脸皱纹的脸上同样写满真诚,“孩子们都舍不得你走,希望有空的时候你还能来看看他们。”

“会的,谢谢,你们……”我哽咽起来。木然了一会儿,我深深地向他们鞠了一躬,眼里忍不住也落下泪来。我手捧着奖状,看着上面“支教模范”的字样,又一阵愧疚之情涌上来。我突然想到了什么,于是问校长:“小娜为啥没来啊?”

校长说:“小娜可能以后不来上学了,她父母不想让她再念下去了。”

我的心被重重地一击——那么刻苦,学习又很好的学生怎么能不上学呢!

我必须在我离开前去趟小娜家,劝劝她的父母,再穷也得让孩子上学呀。我甚至可以资助她完成学业。我望着蜿蜒曲折的山路,决意要去看看小娜,否则我走了,心里也会不安宁。

走了个把小时的山路才赶到小娜家。真是难以想象,她每天那么早就可以赶到学校。我擦擦脸上的汗,刚要敲门,里面的吵闹声早已传出来。小娜哭喊的声音也传出来。父母一定在打她。

我急忙推开门,她的母亲正一手拿着木棒,一手拉着小娜。我急忙夺过木棒子:“别打了,小娜学习很用功,为什么不让她上学,还要打她?”

我很气愤,怒视着她的母亲。

“杜老师,你不知道,她这娃以前学习还用功,可这回一定是在学校没好好学习。你看,你看……”小娜母亲用手指指墙壁,那上面满是鲜红的奖状,“以前回回都得奖状,可这次呢,居然没得。我们大人辛苦供孩子上学容易吗?现在连个奖状也拿不回!”

一股更大的痛苦涌上来,我内心的愧疚几乎要将我冲晕。事实上这次是怪我啊!我只顾早点儿回家,居然忘记在期末的时候评三好学生,忘记了给孩子们发奖状。小娜是应该得到奖状的。

我滴答着眼泪对她们说:“都怪我,是我的错……”

第二天，我把买好的火车票退了，我决定在这里多待一年，或许更长的时间。

树叶绿的时候下了场雪

高海涛

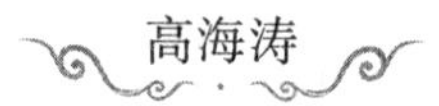

这事说起来，应该回溯到十五年前了。那时我二十多岁。

我高中毕业后，就进了县文化馆创作组，之后，我的小说经常在多家公开发行的刊物上发表，像《青春》《作家》《时代文学》等。第三年，市里一家报社调我去当副刊编辑。去市里报到的那天，应该是刚过了中秋节的十月初，树叶还都是绿绿的。

就在我准备去汽车站的时候，张国中来了："怎么样，我有车了吧！"

没等我说什么，张国中已经把我的被卷、脸盆什么的一股脑儿地放进了那辆破五十铃里，然后，又把我拉上车。他一踩油门，车就向市里的方向奔去。

我问："这是你的车？"那时候私家车还不多。

张国中看了看我，皱起了眉头："这破车，离我的梦想远着呢。"其实我的问话里没有一丝对这辆破车的蔑视。

车突然停在了一个小农药店前，张国中说："等我一下。"然后，关了车门，向小店走去。那是一片很小的门面，店里有一顾客，张国中进去后，屁股都掉不过来。他费了很大劲，搬出一个很沉的、装农药的纸箱，打开车门，放在我面前。是两套书，精装本的《鲁迅全集》和《傅雷译文集》。

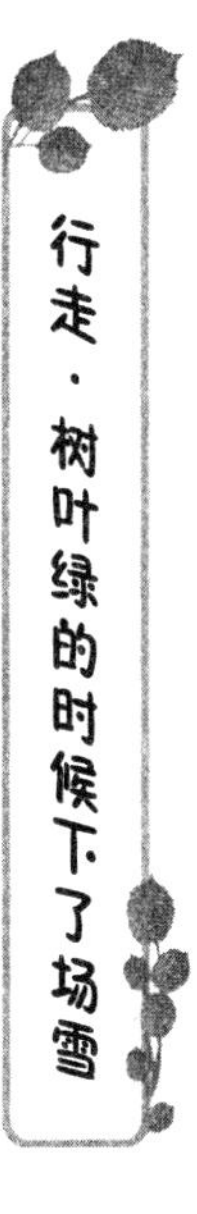

“听说你调到市里,进货的时候顺便买给你的。是不是很有用?平时,经常在各地书亭里的刊物上见到你的名字,想去找你,又怕耽误你的时间。”

“你怎么知道我调动的事?”

“小县城里谁不知道?”说着话,破五十铃就上了104国道。透过车窗,可以看到国道两边高高耸立的白杨树,叶子绿绿的。

认识张国中,是我高中要毕业的时候,《辽宁青年》上发表了我一篇名为《第一天》的小说。偌大的一个学校,张国中硬是拿着那本杂志找到了我,说,他是去年在这个学校毕业的,学习太糟,连参加高考的资格都没取得。看到我小说里一句话“人永远都不要忘记自己第一天的创业梦想”,他立马就崇拜上了我。他说他的梦想是有辆奔驰,看到我的《第一天》,突然明白了奔驰车得来的方法。

看到小说这样有用,我更加坚定了成为一名大作家的梦想。

快到市里的时候,天,突然阴了下来。好像突然就下起了雪,很大的雪片。一会儿,白雪就落满绿树叶。反季节的风景就是绝美。雪落到地上,变成了水。看着看着,路上已是雨水横流了。这时,车突然抛了锚。

看看表,天已近午。“先吃点饭吧,本来想到市里大饭店为你送行呢。”张国中说。

我们走进路边一个小小的涮羊肉店——一间小房。看得出,是三间房里最小的一间,通往另两间房门的白灰还是湿的,不是很白。

那时候,这种吃法是新兴的,我从来没有看到过。走南闯北的张国中也没有尝试过,他读“涮”为“刷”。老板也是个与我们差不多岁数的年轻人,听到张国中读“刷”,就纠正说,读“涮”。

老板教我们怎么样吃。老板既是老板又是厨师,还是服务员。

没想到,这东西非常好吃,我竟在这样一个不起眼的、荒郊野外的小店,吃到如此新潮的食物。

“呀,呀,呀!”张国中突然惊讶地叫了起来。张国中手指着涮羊肉店的

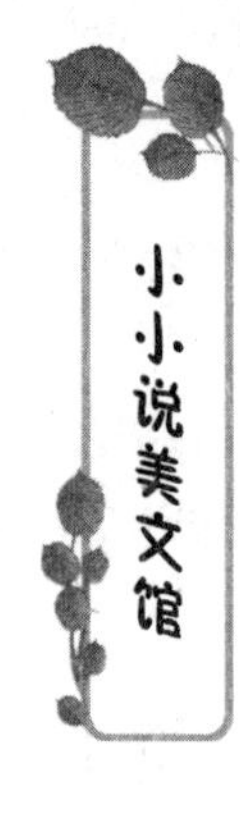

墙。顺他手指的方向,我看到一条横幅:人永远都不要忘记自己第一天的创业梦想。歪歪扭扭的字,看样子是老板自己写的。

老板告诉我们他是从《辽宁青年》上看到这句话的。当老板知道,我就是这句话的作者时,他简直要把我抱起来了,说:“你们是我的第一桌客人,没想到,没想到。”我们实在争不过老板,这顿饭就算老板请了。张国中的车,老板也找人给修好了。不过,老板让我在他那个条幅上签上我的名字。

时间过得太快。转眼就是十五年后的今天。奔驰汽车销售公司总经理张国中,涮肉连锁店总店老板,还有我——报社广告部广告人,在一起涮肉。涮肉店的碗碗盘盘上都印着我签了字的那句歪歪扭扭的话。张国中每售出一辆奔驰车,都会赠给车主一条金钥匙链,金链是用十八个环串起来的,每个环上一个字,串起来就是:人永远都不要忘记自己第一天的创业梦想。

我们三个人都喝醉了。他俩醉眼蒙眬地看着我,异口同声地说:“是我们害了你,也害了我们自己。”我愣了,不知道他们在说什么。

他们接着说:“我们不应该把广告代理权给你。”我更不知道他们在说什么了,以为他们在开玩笑。

他们放声大哭:“晚了,什么都晚了。你忘了你最初的作家梦想。我们忘了要的是你的精神产品的初衷。”

我似乎看到了那场雪,那场盖满了绿树叶的雪。